少女与霓裳

简洁/著

湖南文艺出版社

图书在版编目（CIP）数据

少女与霓裳 / 简洁著. -- 长沙 : 湖南文艺出版社, 2019.6

ISBN 978-7-5404-9097-3

Ⅰ. ①少… Ⅱ. ①简… Ⅲ. ①散文集－中国－当代 Ⅳ. ①I267

中国版本图书馆CIP数据核字(2019)第041568号

少女与霓裳

Shaonü Yu Nichang

作　　者：简　洁
出 版 人：曾赛丰
责任编辑：刘诗哲
策划编辑：徐　璐
营销编辑：黄欣霖
封面设计：杨　平
封面绘画：中下游
版式设计：罗静颖
出版发行：湖南文艺出版社
（长沙市雨花区东二环一段508号　邮编：410014）
网　　址：www.hnwy.net
印　　刷：北京盛通印刷股份有限公司
经　　销：新华书店
开　　本：145mm×210mm　1/32
字　　数：185千字
印　　张：8
版　　次：2019年6月第1版
印　　次：2019年6月第1次印刷
书　　号：ISBN 978-7-5404-9097-3
定　　价：39.80元

目录

contents

卷①

一支口红的心事

001

卷②

想去远方的人都有故事

069

卷③

当你说要以写作为生——159

后记

一个写作者的自白——242

卷 ①

一支口红的心事

我一直是一个活得比较混沌的人。人生的大部分时间，都在凭感觉生活。一直这样生活的原因，大概是因为混沌的生活让我更好过一些。我敏感的少女时代，是我活得最辛苦的时候。

无忧无虑这个词，在我的青春中并不存在。少女时期可烦恼的事太多了，我现在都还记得年少时每天早上起床后心事重重的感觉。不知是不是巧合，我在小学和初中，都经历过一段被孤立的时间。持续时间并不长，但惶恐感一直挥之不去。这在我成长的最初就铺下了孤独的底色，让我对这个世界有一种警惕感。很多女孩成长时必经的烦恼期，我宁愿一个人摸索着度过。

直到十六岁时，遇到了高中的朋友，我才把自己从这种不知何时会再被整个世界孤立的忐忑中解脱出来。也是那时我才发现，每个人的烦恼都是有壁垒的。旁人能解决你一部分的烦恼，但仍有许多不能宣之于口的，只能自己摸索的事。有些纠结，恰恰是因为觉得讲出来对旁人而言是微小平常的，但对自己来说却是不能忽视的。

成年人看回少时的烦恼，总觉得是“为赋新词强说愁”，但我不这样认为。每个年龄都有独属于当时的烦恼，当时的困扰是真的，难过是真的，辛苦的感觉也是真的，这些感觉不会因为长大了，经历了更多就消失。

这些我曾经历过的事，也许有人也正在经历着。

我的少女时代并不怎么令人艳羡，也没有什么经验可以传递。但正如《萨冈的1954》里所说的，“经验是不可传递的，我们唯一可以留给别人的东西，就是自己的生活经历，也就是说，生活的证明。”

希望我所坚信的，我所遗忘的，我所经历的，都能在这本书中得以传递。

一 支 口 红 的 心 事

电影《牛仔裤的夏天》里的女孩们，拥有过一条神奇的牛仔裤。而我，拥有过一支神奇的口红。

1

按经济学的说法，经济越困难，口红销量越高，大概是真的有道理的。

我开始买第一支口红时，恰恰是在杂志社发不出工资的前一个月，那时我便感受到了一丝飘摇的意味。那天的场景我还记得很清楚，当时的主任刚休完产假回来，开部门会议时，她对我说的第一句话却是："你怎么蓬头垢面的？是不是故意扮成这样要给我展示你过去几个月有多辛苦？”

说不生气是假的。我忍不住和同事抱怨，没想到服装编辑拿出了一只装有二十几支口红的化妆包给我，说：“也许你是没涂口红，所以气色不太好。”在此之前，我一直觉得只涂Dior的变色唇膏就够了。

我先试的是NARS最出名的DOLCE VITA的豆沙红，然后是橘红色的RED SQUARE，三个女孩看着我满意地点点头，说看上去“整个人都像被点亮了”。

“点亮”这个词诱惑了我，在前途未卜的那几个月，补习口红色号等知识成为了那段黯淡生活中值得期待的小事。

2

在我开始买口红 以后，和部门几个女孩的关系突然一下子融洽起来。以前的关系虽然也不能说不好，但没有现在这种热烈的氛围。每一支口红的色号都像是开启热聊的密码，小群里的分享像是隐藏在办公室沉闷气氛之下的刺激和惊喜。

休息时间，我们最爱做的事是举行“口红试色大会”。这一活动直接反映在我们杂志的内容上，编读的花絮再也不愁没有料了，而做美容版块的编辑也获得了不少灵感。在不能停止写稿，同时也拿不到稿费的时候，我们在做栏目时却还能一扫落寞之色。

现在还记得的是，当时的试色中，我们遇到了一款特别神奇的口红，阿玛尼509，圣诞款，涂上嘴有一层细闪，像夕阳照耀下的大海的粼粼波光，密集而精致地闪在水面上。

这支口红让我想起我很喜欢的一部电影《牛仔裤的夏天》，里面四个女孩身材各异，却在二手店买到了一条四个人穿上都特别合适的牛仔裤，她们穿着它开启了每个人精彩的暑假。那条每个人都能穿上的牛仔裤，像是一种奇迹的暗示：在已经对糟糕透顶的生活认命的时候，还有反抗命运的机会。

那支神奇的口红也一样，虽然我们将要面对的不是精彩的暑假，而是四个月漫长的不发工资的时间。在不断查看银行卡后的失望和对未来的惴惴不安中，口红的那些鲜亮的色彩就像是漫长暗夜中的点缀，让我们不至于沉溺在哀叹与怨恨之中。

每天早上涂口红就是一种仪式，提醒着我们即使在这样的日子里也要打扮得干净、整洁、鲜亮，不给任何人说我们“蓬头垢面”的机会。

3

现在想来，看色号的那种消遣活动，有点像逛八卦群组，是一种对新鲜娱乐的向往，或者说我们更贪恋的，是女孩之间的情谊。当最后一艘大船将沉的时候，我们没有以凄凉的心态互相冷漠疏离，而是以这样一种方式完成了在之前的共事中都没有达成的亲密感。

以前那些对我来说与复杂的数学公式无异的口红色号，在她们手把手地教之后，仿佛成为了我的一项社交的新技能。像英国人讨论天气一样，和女性朋友找不到话题时，口红色号往往是一个可以迅速热络的切入口。那段时间我常听到别人赞叹："你真会买口红，每个色号都让人想买。"

当我可以像一个真正的时尚编辑那样给旁人推荐色号时，想起的却总是我们杂志社最后的那一段日子，我与女孩们以超越同事的亲密感度过的那段难熬但互相扶持的日子。

我的口红始终没有超过十支。当口红成为某种物欲的象征，成为男朋友讨女朋友欢心的性价比最高的物品之一时，我想的却是，大概不会有一个男朋友能精确地买到最适合女朋友的那支口红。那些对着色卡的反复斟酌，那些找对色号时由衷的欢欣，都不是收到一支口红作为礼物就能带来的。

看剧时，我常看到求女主角口红色号的弹幕。稍微懂点化妆的人都知道，求色号的举动相当于刻舟求剑，同样的口红色号在不同的人唇上会是不同的效果，再经过电视滤镜叠加，与最初的颜色早已相差甚远。

但女孩们还是乐此不疲，仿佛好看的口红带来的是一个方向，一种概念，一次想象。

只有自己才能找到最适合自己的口红——我始终这样认为。那是无数次试错，无数次求证，再加上自己喜好的结果。颜色只是最基础的，滋润度、持久度、吃饭喝水的掉色情况，都只有自己能掌握。在自己的反复验证中找到最常用、最喜爱的一支，从某种程度上来说，是一个了解自己的过程。

4

口红成为当代女孩物欲的象征，其实是有些没有道理的。

如果将一支口红的价值单纯地换算成在餐厅吃的一顿饭，在商场买的衣服的几分之一，口红本身的吸引力就会陡然丧失。口红如此重要，大概是因为人在对镜自视时，唇色是最鲜亮的一处，最容易让人产生怦然心动的感觉。在岩井俊二的电影里，周迅看到自己喜欢多年的男同学找上门，翻箱倒柜要找的，也只是一支口红。说到底，这是属于口红的特色和魅力，与物欲无关。

我并不想收到口红作为道歉或讨好的礼物，因为口红太私密、太日常，每当用到时都会想起送口红的人。如果恰好喜欢的人送了心仪的那支口红，不一定是送口红的人特别用心，而是表示我允许对方进入较隐私的亲密关系圈。

如果我们身边真实地存在福尔摩斯先生，那口红大概能带来不少有反差感的私人信息。比如我就绝不会买评论中说“这个颜色很温柔”的口红，“温柔”往往代表着这支口红不显色，涂上去会不尽如人意。常在生活中被评价温柔的我，腻味了这个词所暗示的温顺感。

色号是公开的，喜好却是隐藏的。我身边有乖巧认真的女孩，喜欢的口红色号却是哥特色调的红棕枫叶红；有平时素颜的女孩，买的口红都是正红色。我们分享着色号，却不轻易问喜好背后的故事。至少这一抹红，是我们自己可以掌控的。

5

那个独属于女孩之间的关于口红的夏天，已经离我远去了，那支神奇的口红，我如今也不常用。那样一群人的末日般的小狂欢，如今想来有种戏剧性的幸运。但是，口红带来的雀跃却留下了。YSL绝版的铁锈红，TOM FORD的野姜红，Dior唇釉的西柚红，把我从早晨不愿上班的颓废情绪里点亮。

《牛仔裤的夏天》中有这样一段台词：“也许我们每个人都有做失败者的时候，幸福并不意味着一切都得十全十美，幸福也许就是记住那些微不足道的小事。比如穿那条牛仔裤，或在‘龙穴历险’里打到下一级，这些小事加在一起就会超过我们的失败，或许我们能做的就是好好生活。”

那个夏天的口红，大概就是这样的小事，虽然微小，却给我们一种加起来就会爆发的力量。编辑部的女孩们如今四散各地，我之后到了出版社，依然在做杂志，依然在写文字。在每个上班的清晨，涂上口红的一瞬间，心头还有那时保留下来的一点暖意——我还记得那个夏天，我们确实还在好好生活。

少女与霓裳

1

现在想起来，我人生中购买欲最低的时候，应该是初中的时候。

那时我们有两套校服，周一到周三穿黑色的，周四到周五换蓝色的，在衣服上唯一要花的心思就是要买不同的领口配白衬衫。每天早上七点二十分，需要到学校集合跑步。我家离学校只有五分钟的路程，在路上常会遇见班主任，我打个招呼，赶到她前面，刚刚好不算迟到。然后我把书包往篮球场边的水泥凳子上一扔，一口气都来不及喘就开始跑八百米，跑完之后接着早读，八点开始上课。

学校操场的跑道是用黑色河沙填的，跑起来总会扬起黑色的灰，跑不动时，我会盯着远处缓缓冒出白色浓烟的烟囱——那大概是一天中最缓慢的一个场景。

初中那段无法喘息的日子在我心中是灰蓝色调的，很大程度和我们班主任有关。每天课程结束后，她会留半小时训话，训话的内容庞杂且丰富，从抹桌子的正确方式到不遵守纪律的处罚，甚至还会教我们为人处事。班主任有一个非常男性化的名字，整个人有种不怒自威的气势。我当时对她由衷敬畏，因此对这种过于细枝末节的管教没有丝毫反抗的心思。她的公正、严厉，使我们在穿着打扮上使不出任何花招，即便在寒冷的冬天，我们想在校服外面套羽绒服都要犹豫半天。

那段“非蓝即黑”的日子，把我对于穿着打扮的欲望降到最低。后来我竟会不时想念那种每天不用花心思打扮的日子，那是一种外界条件强制下的心无旁骛、无欲无求。现在每每回想起那段时期，我都会想起那时画到凌晨一点的电路图，不分寒暑假参加的奥数班以及最后中考体育八百米跑的满分。那也是我最不放纵自己，最有勇气的一段日子。

之后，我的八百米再也跑不进三分二十秒了。

2

到了高中，我很快感受到了穿衣的烦恼。

我的高中和初中是两个极端，作为全市最好的高中，它非常任性地在其他学校都要求穿校服的情况下，只要求周一上午升旗仪式时穿校服。我们常常会带一条牛仔裤，在升旗仪式结束后换下校裤，但是会把校服穿满一个早上，好像都有点珍惜这不多的穿校服的机会。

这样当然是有优越感的，平时在放学的公交车上，在各个学校的校服中间，只有我们学校的学生可以随心所欲地决定自己穿什么。但同时，我第一次感受到身边人追求穿着的压力。学校不仅汇集了最好的学生，也集中了这个城市最富有最有权势的家庭的孩子。身边的人迅速填补着我对于名牌的认知，耐克和阿迪达斯每一季新款上了之后，都会看到学校里更新的风景线，这些名牌成为了另一种意义上的校服。在那个班尼路都还是不错的牌子的年代，这种细化到名牌季节新品的潮流，简直比后来到了时尚杂志编辑部给我带来的压力还要大。

当时全年级二十五个班，我的成绩即使是全班第一，也还要在整个年级的排名中厮杀一番。即使最后，我的名字挂在了宣传栏的红榜上，可是身边都是一些爱玩、爱打扮、体育好、有特长、成绩也不差，长得还好看的言情小说主角一般的人物。比如隔壁班有一个白净俊美又时髦的男生，某次期末考，他是年级第八，而我是年级第十二——那已经是我高中前两年拿到的最好排名。传说他每天上课睡觉，一放学不是打篮球就是去网吧。那一刻我真切地感受到了人和人之间的差距，别人的举重若轻和我的无奈。

之后不久，我爸第一次和我就虚荣心进行了郑重的谈话。十几岁的少女突然开始对容貌和穿着在意起来这件事，已经超出了他的理解范围，我们谁也没能说服谁。

转机来得出乎意料。高三前的假期，我背着父母去做了人生中第一次离子烫。随着满头的自然卷被拉顺，仿佛心中的毛躁也被拉顺了。每天早上起床时可以不用对着镜子纠结，穿衣搭配也顺利许多。从那时起，我的零花钱最重要的用途就是拉头发，这笔钱从此雷打不动地躺在我的预算清单上。

同时，一起随之而来的还有一种解脱感。文理分班之后，我进入了陌生的班级，抛弃理科之后，我在学习上终于感受到了什么是真正的游刃有余。高三竟然成了我高中三年中最悠闲的一年。进入别人眼中的顶尖学霸行列之后，我发现大家更关心这些人的怪癖和个性，是不大会讨论他们穿得好不好看的。

也许真正的原因是我自己也不在意学习之外的事情了，当精神上的虚荣得到满足时，物质上的欲望便不那么强烈了。

后来，我大学暑假回去看高中的历史老师，作为他的得意门生，我在高三享受了他太多的偏爱。聊到后面，他对着我感叹了一句：“你呀，还是太懒了，不然应该更好。”

3

我的大学延续着高中末期松散的节奏。

和高中比起来，我在大学真正享受到了自由，无论是在精神上还是财务上。高中时那种爱慕虚荣却拮据的矛盾，在真正有了随心所欲的自由后，离我远去了。

很多年后想起来，我都觉得选择广州而非北京读大学是我的幸运。我的广东同学那种殷实而低调的消费观让我耳目一新，班上有家庭条件很好的本地女生，她们生活得精致而讲究，但天生有一种“够用就好”的满足。比如她们会有一条质地很好的每天都戴的项链，绝不会像我的高中同学一样去追逐每一季的新品。

和天南地北来的大学同学在一起，我才感受到我高中的情况是特例。大学宿舍是四人间，上面是床，下面是衣柜，每人还有一个壁柜。别人的壁柜都是放杂物的，而我塞满了我的衣服。大家花钱不至于吝啬，但也没有攀比之风，走在校道上的女生们打扮养眼，氛围宽松随性，懒有懒的美法，精致有精致的美法，大家各安其道。

我现在几乎想不起来，大学四年间有过什么特别渴望拥有的东西。经常是欲望刚一产生就很快就得到了满足，而这欲望也在我可负担的范围内。我的两个室友也着实可爱，有时我还是会为穿衣而烦恼，她们会哄我，说班上已经少有比我更会穿的女生了。而我另一个双子座的好友，更愿意把钱花在吃和看展览上。

身边的人对购买欲的影响是最直接的。研究生的时候，我和外校考过来的两个女生一度玩在一起。她们有一个习惯，每天来宿舍叫我上课时，会互相品评一下大家今天的穿着。其中一个眼光很毒，她能马上报出我身上所有衣服的牌子，猜中之后会得意一笑。如果她觉得搭配上有不妥，会拉着另一个一起嘲笑我一路。

除此之外，她们都是很好相处的人，但我渐渐感到难以忍受。这让我每天过得小心翼翼，同时也对她们理所当然的挑剔和品评感到不耐烦。虽然她不只挑剔我，她挑剔所有人。我常想，她自己也并非穿得有多好看吧。

工作之后，我有时想，这位同学和现在的毒舌时尚博主们最大的区别大概是，她并没有像后者一样对你的穿衣风格有所帮助，在穿衣不是你人生中唯一重要的事的情况下，这种放大镜似的检视会让你的格局变小。

后来我买了一辆自行车，再不用和这两位同学同路。每天早上七点五十骑在去上日语选修课的路上，我能看见紫色和粉红色的牵牛花刚刚舒展的样子，叶片上还没干透的露水，湖面荡起的涟漪，一切都很美好，美好到让我对这一整天都有所期待。想起以前这一路聒噪的挑剔和议论，我觉得我辜负了很多这样的早晨。

无论你的购物清单上有什么，它应该带来快乐和满足，而非束缚和戾气。即使我当时不是很明白，但这是之前四年给我带来的见识和底气。

4

电影《穿Prada的恶魔》和日剧《FIRST CLASS》大概使很多人以为时尚行业就是那样的。在我真正到了时尚杂志上班之后，我体会到的却是一种从容的氛围。

我任职过的编辑部，都没有规定员工要如何穿衣。我在广州的时政杂志编辑部唯一的要求是不穿拖鞋上班，而我到深圳的时尚杂志之后，氛围则更随意了——穿拖鞋也可以上班。几乎所有穿黑色正装来面试的人走进来都觉得自己像个格格不入的傻子。我们主任反复说起当年自己穿了黑色正装短裙和高跟鞋来面试，结果面试的领导穿着一件丝绸的大红袍子，穿着拖鞋的脚跷在办公桌上的场景。

没有规则的自由会导致两个极端，太过讲究和太不讲究。任职的这本杂志提出“虚荣使人进步”的价值观，但实际情况非常松懈。主编自己欣赏刻意“经营”的朴素风格，忙得要死的编辑那里呈现的就是真正的朴素。每个刚入职的光鲜亮丽的小姑娘，时间一长，都开始素面朝天，越穿越随便，以至于编辑会在私下开小会时反省：每天至少一定要涂口红，一定要描眉。

这样宽松的环境没有压抑我购买的冲动，我们会在做栏目的时候给自己列很长一条购物清单，但也没有什么非买不可的必要。电视剧里时尚杂志那些穿衣的桥段，在我的职场生活中从来没有出现过。

我们主编杨小果关于买衣服的见解影响我至深。她有一篇卷首，叫《去平原上做富人的孩子》，是我来杂志社之后记忆最深的一篇。里面写：“比阅读更真实的爱好是买衣服，那是一种世俗的，热腾的，当下的，激情的，现实的快乐。”

她买衣服的信条是：“姑娘们，不要理会那些什么轻奢、高街、大牌、外贸、买手、小众，那都是假专业之名装自己的门面，衣服只有一条界线，好看与不好看，在这之上，就是买得起和买不起。好看是修炼出来的，买得起也是。”

多么振聋发聩，涤荡灵魂。她甚至连你反驳的后路都堵上了：“穿得漂漂亮亮，然后去做所有你想做，要做，必须做，不该做，以及可做可不做的任何事情。等老到像胡因梦那样的年纪，也能有腔有调地说，年轻的时候总是追求漂亮，等到老了，才发现那些没什么意义——怎么没意义，能有底气地这样说，就是意义。”

这样的状态对我来说是“虽不能至，心向往之”。足以解释我从少女时代起时不时翻涌蒸腾出的欲望。只不过，我追求的不够彻底，不用等到年老，每隔一段时间，我就会感受到这种无意义的时刻。

最近的一次，是我按照近藤麻里惠的怦然心动整理法，把我所有的衣服整理完的时候。我用透明的、一米见高的大塑料袋把衣服叠好分装，将要丢弃的衣服装满了整整六大袋。每一件衣服，当初得到它的场景，取下标签的时刻，为它痴迷的一瞬间，我竟然都记得。某种程度上，这一件件衣服，都是我的少女成长史，每一件都像一部微缩电影。

但，在丢弃的那一刻，都没有用了。

而我之前的追求，无论金钱上还是精力上的花费，也全都是一场空。这样的空，让我有点难过，有点疲惫。

我不能留下它们，因为它们会给我留下软肋，在我每一次想随便穿一件的时候，它们会让我难堪。只有当衣柜留下的都是你随手抓一件也能让你保持体面的衣服，你才不会穿错。无论是在忙碌的早上，还是想下楼买一盒牛奶的时候。

每一次“空”都会教会我一些东西。比如，与其纠结要买多少件新衣，不如每晚睡前烫好第二天要穿的衣服。比如，我渐渐发现，限制我追求霓裳之路的，不是金钱，而是打理它们的精力。

我大概终究只能做一个懒人了。这种懒让我只在青春期经历了一段欲望的折磨。现在，穿着睡衣打下这些字时，我希望我的文字会比我穿的衣服要漂亮。

听见声音的少女

我研究生毕业后，在第一家杂志社工作时，主编对我最不满的一点是说话声音太小了。她常在开例会的时候，对我苦口婆心地说作为一个记者和编辑，大声说话有多重要。

说话小声，是我的一个软肋——我从找工作时开始知道这一点。

声音带来的困扰，远离我已有很多年了。主编的旧话重提，让我有种对过往延迟的滞后反应。

不爱说话这个问题，是从初中开始的。我的这段记忆非常清晰，是因为某次翻出来小学的期末评语，老师在上面写着：你上课回答问题很大声，非常棒！若不是有这些小红本提醒，我大概会误以为我是一个天生不爱说话的人。

1

初中以前，我的声音并没有什么特别之处。

我最开始读的是一个工厂的子弟小学，工厂是从天津迁来的，住在那里的居民们都讲着标准的普通话。于是，我是先学的普通话，后学的家乡话。

我之所以会去那所小学就读，只是纯粹因为离家近。当班主任的母亲必须把我送到离家五分钟就能走到的学校，才能完成工作和带小孩两不误的任务。我对于这样的群体来说是外来者，虽然和小学同学们说着同样的普通话，回到家，我却成了那个特殊的，只会说普通话，不会说家乡话的小孩。

当时，普通话在家乡小城还不是很普及，在这里说普通话，不会被欺负，只会觉得洋气。母亲一直对此引以为傲，觉得自己做了正确的决定。但那所小学，除了让我讲了一口标准的普通话之外，也没有什么重要的回忆了。

小学五年级，我转学了。母亲对外解释的理由是想让我去更大的学校，接受更好的教育。她不再担任班主任，有了更多时间，而我也大到可以自己走路去上学了。

原来的工厂子弟小学，一个年级只有一个班，我转学去的学校，一个年级有六个班。班里有小群体，比如电厂子弟，因为效益好，常常会发些文具盒之类的东西，一看课桌上的同款文具，就能清楚地划分阵营。转校生也多，之前的几个转校生成绩都很好，颇得老师喜欢，某种程度上，转校生也可以算成一个小团体。

我在新学校迅速地学会了家乡话，甚至学会了粗话。家乡话常用的一些粗话，是不带脏字的，外地人几乎不能理解话中骂人的意味。

新学校的后面是一座监狱，从外面看和一座很大的公园无异。监狱的外围是班上男生约群架的圣地，有了那样一块地方，讲的狠话仿佛也更厉害一些。在这样的背景下，学生们的口头禅中带上两句粗话仿佛是再正常不过的事了，但我自己并没有意识到，有一回被同学告到了班主任那里。

总之，在上初中前，我自认为是一个喜欢上课回答问题，甚至会说带点粗话的口头禅，与声音嗲毫无关系的人。

2

那还是林志玲未出名的时候，没有这样一个标志性人物来解释什么是“声音嗲”，我就被贴上了这样的标签。

现在想起来，这一切完全是无妄之灾。初中第一天，我见到我在前一所小学的同学，他们似乎并没有听过我讲家乡话。在听到我和别人讲话时，之前学校的一个男同学突然惊呼：“天，你的声音怎么变这样嗲了，你以前讲普通话时不是这样的啊。”然后他做出捧心口的惊吓状，高呼需要速效救心丸。他像看稀有物种一样拉着别人来听我说话，我每说一句，他们就爆笑。

从此以后，我的声音就成了他们偶尔想起来的一个笑料。每当我在课堂上回答问题时，一开口，班上的一小群男生就会吸凉气、捂心口，吵着要吃速效救心丸。我渐渐变得能不说话就不说话。不得已开口时，我就刻意地压低声音讲话。

但这样做收效甚微。

班里也有第二所小学里一起升初中的男同学，他们同样在嘲笑我的队列里。我不明白，仅仅相隔一个暑期的时间，为什么之前他们视若如常的声音，能突然让他们觉得很有趣。现在想起来，只不过是青春期的男孩子找到了一个聚众狂欢的借口。如果说林志玲的声音给她带来了辨识度，在我的青春期，经历的就更多的是嘲笑甚至嘲讽，而因为声音，他们对我形成了糟糕的刻板印象：嗲，假，做作。

老师并不知道他们在笑什么，但对我上课时明知道答案而不举手回答的态度非常恼火，屡次告状告到我母亲那里去，于是我愈发用沉默来抵抗。

我在初中三年非常沉默。因为害怕开口之后同学的反应，不常开口，有时沉默一天突然说话，前两句会有生锈般的干涩感。

这样让人苦恼的嘲笑，终于在我上高中的时候停止了。大概是因为大家的年纪都长了几岁，开始懂事了。但我因为声音而自卑，说话小声的习惯留下了。

让我对自己的声音有所改观的，是高中的化学老师。那是一位雷厉风行，极受欢迎的中年女老师。一次课后，大家簇拥着老师问问题，在我问完之后，她突然感叹了一句：“呀，你的声音好好听。”之后每次课后去问她问题，她都会笑眯眯地看着我，说：“我最喜欢听你的声音了。”旁边的同学听了也会附和，渐渐的，我在同学眼里，就变成了“声音温柔好听”的人，久而久之，又成了“脾气特别好，讲话都像不会生气”的人。

那时我才初步知道，人们对于声音的判断，主观意识有多强。在我的初中男同学认为这是撒娇、做作、装嫩的声音，在一位能干的职业女性那里，能够抛弃这些隐喻着讨好男性的价值的判断，赞一句小女生的声音好听。

我念大学时去了广州，这座城市是我的福地，我这么说的原因之一是这里对于声音的容忍度高。这里因为语言的关系，女生们讲普通话好像天生就带着点发嗲的味道。如果说高中的环境是理智上的客观，在这里则是习以为常的自然，这种包容性让我几乎忘记了曾遭受的对声音的批判，非常自由地过完了大学的几年。

3

直到找工作时，主编对我声音的评价，又让我陷入对声音的困扰。

比起音量的大小，更让我惊慌的，是在进杂志社后，第一次采访完整理录音时——那是我第一次认真且长时间地戴上耳机听自己声音的回放。当时我吓了一跳：录音里的声音和我自己平时讲话时听到的是不同的，经过电子处理的声音连我自己都感到不适。我不得不慌忙地咨询周围的人：“平时你们听到的我的声音是和录音里一样的吗？”那种慌乱，是害怕电话那头的采访对象因为声音对我有偏见：初出茅庐，不专业。

好在，这样的误会并没有发生。

最近一两年，我不再害怕听自己的采访录音，耳机里的声音已经不会引起多余的想象，具体哪里变了却说不上来。最近有一次，我电脑坏了，不得已打开旧电脑，好奇地听了一下三年前的采访录音，差别一下子就出来了。也许是声线随着年纪有了变化，也许是口音受居住城市的影响，也许是采访的熟练程度不同，之前那种让我害怕的不适，已经消散了。

这样的声音，为什么会成为一个让我困扰的因素？在长大之后，回想起青春期男生们的起哄，在表面的嘲笑之外，我看到了更多的东西。

你需要让旁人认识到一个更完整的你，不被片面的因素所左右。回想起我近年来采访的人物，没有一个人对我的声音做出过评价。他们通常说的是什么呢？上一期采访的作家路内在给杂志写编读时提到对我的评价："读书类的纸质媒体在变少，资深记者也在减员，而你们的记者敬业且思维敏捷，即使在纸媒最发达的年代也不遑多让。"

敬业、敏捷、专业，我收到的多是这样的评价。在专业素质面前，声音只是一项中性的特质，不会让人模糊焦点。

4

但如果可能，我还是愿意经历一个不对声音感到自卑的青春期。

有一次，我和一个阅读平台的编辑朋友在沟通稿子，刚好在路上，我发了语音。她很激动："你声音真好听，我们刚好要开一个作者的音频栏目，你有没有兴趣？"我婉拒了，和她聊起那段少年时因声音产生的阴影。她惊呼："怎么会？"然后问我有没有看过高圆圆演的《爱情麻辣烫》。在里面，高圆圆的声音被爱慕她的男同学录下做成了磁带，那位编辑说："我以为你的青春故事应该是这样的。"

很可惜，并不是。

我找出那部即使对于我来说也太老的电影，看着男同学录下火车声，女主角课堂上朗读的声音，咯咯的笑声，心中有种宽慰：关于声音，还有这样的青春呀。

不是所有的少女时代都能美成这样，但是，尽管时过境迁，我仍然遥祝经历着这一时期的少女，都能被温柔以待。

我已剪短我的发

1

二十九岁那年，我剪掉了留了十余年的长发。

并没有什么特定的理由，也没有什么削发明志的故事。但对少时剪过一次失败的男孩短发，阴影大到发誓再也不剪短发的我来说，着实是一件大事。

少女时期那次失败的短发经历，还是发生在剪短发相当于宣告失恋的时代。那时看郁秀写的《花季雨季》，里面提到林青霞失恋之后去剪短发，后来这便成为一个流行的失恋仪式，剪短发意味着斩断情丝的新开始。我没怎么看过林青霞的电影，但莫名觉得这种治疗伤心的方法帅气极了。

《花季雨季》是一本提到会暴露年龄，但对我而言很重要的书。这本书我最初是每天中午回家吃饭时在中央广播电台听完的。那时我家有一个小型音响，集CD机、录音机、收音机的功能于一体，每天中午，父母会把收音机打开，调到FM93.6听广播。这本背景在深圳的青春小说是我接触的第一本青春文学，在那情窦初开的年少时期，一天听一个章节，填充了我的中午时光，是我十六七岁对青春的最初想象。

除了青春情愫之外，《花季雨季》还描述了那个年代的很多生活经验：深圳这座城市的户口如何难得，主角团成员如何面对父母闹离婚，学霸想考清华北大，但父母却觉得留在本地读深圳大学就好，还有少男少女间的自私、误会和坦诚……

我到广州读大学时，在行李里带了这本书的第一版，那时我已不怎么翻看它，但凡出远门，都会把这本并不算薄的书带在身上，仿佛这样才能安心。

所以，小学六年级时，因为这本书的影响，我将剪短发和仪式感联系在一起了。当年我义无反顾地跑到理发店，潇洒地坐下，对理发阿姨喊了一声：“三七开。”

那个场景后来在我脑海里无数次地重放，因为在之后的一年里，我

你站在桥上看风景，看风景的人在楼上看你。
明月装饰了你的窗子，你装饰了别人的梦。

——卞之琳

年少时爱上一个不愿为你停留的人，真是一点办法也没有的事。

——**苏络离**

总幻想能回到那一刻阻止自己。至今我都记得剪短头发后那天收到的各种眼神，我几乎立刻能从同学的反应里看出他们的态度从讨好转变成嘲笑，只需要一剪刀。

想起林青霞的传说，我在心里默默地想，失恋剪发真是件雪上加霜的事，这作用无异于搬起石头砸了自己的脚，还要召唤别人来看笑话。

在那之后的一段时间，照镜子和照相变成了我最讨厌的事。在头发留长之前，我不穿裙子，衣服只穿黑、白、灰，只和家里人照过一次相。每次摸到剪短的头发时，都有一种莫名的烦躁。

剪发对失恋有没有治愈效果我不知道，学习上需要的收心效果却是极佳。

2

但在二十九岁时的这一剪，我却丝毫没有留恋的感觉。

没有宣告，没有仪式，每天洗头、吹头时甚至会感到轻松和爽快。我如今已经不能体会少女时期因剪短发而感到的度日如年，就算不小心剪太短，两三个月就长回来了——这点时间对现在的人生长度而言只是恍眼之间。

对头发长度的疼惜程度，大概也是随年龄递减的吧。

即使是没有任何特殊意义的剪短发，却仍然给我带来了不小的影响。因为曾经剪短发的阴影，我在剪之前做足了剪发功课，并将文章发到了豆瓣上。这篇文章的阅读量，比我的其他文章要多几倍。

那时正是我在的杂志社发不出工资的时候，在此之前，我在杂志出刊的周期中循环忙碌，虽然写了不少文章，但根本没有心思去经营自己的平台。并且，或多或少，因自己在纸媒工作，我对公众号等自媒体有种心理上的排斥，结果等知道杂志将要终结，才发现除了一沓厚厚的杂志过刊之外，自己什么都没留下。那篇意外的功课，让我迅速积攒了第一批读者，某种程度上让我开始不再只是依赖纸质媒体。虽然，这样的心态转变开始得非常晚。

我在进入下一家出版社工作时，就是以一个短发的形象入职的。而这家出版社，就是当年出版《花季雨季》的出版社，不知这算不算是一种命运的巧合。

我从来到深圳生活，到正式在这里定居，深圳户口已不像从前那样难拿。小说中的深圳大学就在我家附近，外来人口在深圳不会再受到区别对待，这座城市现在大概算得上中国包容度最高的一座城市。小说中提到的关于深圳的信息几乎都已过时，反而是小说中剪短发的情节，仍然在影响着我。

学生时期，短发女孩和长发女孩给人的印象是固定的，即使毕业后，长发女孩剪了短发，短发女孩留了长发，你在回想起她时还是会停留在最初的印象上。待我和同事相处了一年多后，有一次给他们翻照片看到我留长头发的样子，年轻的美编惊叹："和你现在的气质完全不一样，长发的时候你也太温柔了吧。"

长发就等于温柔，这种刻板的印象其实非常武断。但"温柔"的确是我在留长发时听得最多的一个形容词，周遭人们口中的温柔，大概是"温顺"和"脾气好"。

真正的温柔应该是什么？最近看到有人解释：温柔是一种内心的温暖，并没有柔弱的感觉，恰恰是因为内心强大，所以不忍心把别人放在尴尬的境地里，在相处时让别人有舒适温暖的感觉。这才是温柔真正的样子，而不是靠头发长短区分。

3

我无比庆幸，我在现在的单位给人的第一印象是利落、干练、不好欺负，短发中和了我身上柔弱的特质。《花季雨季》的编辑至今还在这个出版社，算得上是社里资历排在前几的老编辑了。我平时多有向他求助请教的时候，但没有告诉他我和这本书的渊源。

《花季雨季》的第一版，被我遗失在我大学时的某次旅行中。我找这个编辑老师想要一本新的，他送了作者郁秀的一整套书给我——他大概早已习惯我这种年轻编辑带着青春的记忆与崇拜的眼神去找他要这本书。

我将书拿回办公室，翻开，是最新版，完全不同的封面。看到里面的内容，既陌生，又熟悉——那就是我在青春期时读了不知多少遍的文字吗？那一刻我突然有点恍惚。但剪短发的女主角谢欣然，却好像真真切切地陪我成长过这些岁月。

如今，短发是我的习惯，我的特色，我的选择，没有人会上来再问一句："你怎么剪头发了？"某种程度上，我获得了一点自如和自由，剪短发在我身上已没有任何值得纪念的意义。

之前看中谷美纪的日剧《我不是不能结婚，而是不想》，男主角樱井失恋，和篮球队的人在小饭馆里大唱失恋情歌，多年之后大家还记得这件丢脸的事，但唯独女主角这么多年之后才知道。那一刻我突然想，如果男女主角有一个人失恋之后去剪短发或剃了头，他们大概就能知道彼此的心意，不会错过了吧。

梁咏琪的《短发》这首歌里有一句歌词：我已剪断我的发，剪断了牵挂。歌词里是不顾一切的一往无前，但我现在能体会到，在帅气之外，这一行为其实有一点硬撑。向所有人，或者是向某一个人传递了自己不愿承认的信息：你看，因为你，我过得不太好——仿佛在最后要给自己一点敢于狼狈的勇气。

年少时的狼狈，多少是出于懵懂无知的意气。今天的我，可以找出无数种挽救当时剪坏的短发的方法，可以让当时的自己不再过一个那样自卑的夏天。如果回到那时，我希望那个短发少女能勇敢一点，自信一点，开心一点。少女时没想通的遗憾，在今天希望有人明了。

但，也许有那一口意气，剪短发才算得上是个仪式，才让人介怀，才让人念念不忘。才让二十九岁时的短发，和年少时有完全不同的意义。

听说你长了一张
素颜比化妆好看的脸

1

我对化妆最早的印象，是在亦舒的一本小说里。书中的女主角一个月只化两天妆，因为公司给了置装费，所以在那两天里打扮自己算是对这笔费用有所交待。因此全公司的男性都盼望着她打扮的那两天——那是美女真正成为美女的时刻。

打扮的那两天能让整个公司的男性觉得像在过节，这位女主角的样貌想必就算不化妆也是不差的。亦舒笔下的美人，推崇的是美而不自知，我却对这个明显是美而自知的女主角印象深刻。我很欣赏这种对自己的美收放自如的潇洒：要打扮时可以很美，要舒服时也能不被打扮的套路束缚。

我还不懂化妆的时候，偏爱的都是妆面干净的女明星。她们不一定是真素颜，但她们的妆营造出了一种清淡的感觉。大学时，去隔壁寝室串门，有位同学喜欢林嘉欣，指着自己的电脑屏保跟我说："她好惨啊，这是张不化妆比化妆好看的脸。"

有一张不化妆比化妆好看的脸，好像是吃亏的。在别人能用化妆大幅改善自己容貌的时候，这种"素颜脸"只能凭着自己最天然的本质去拼，对于女明星来说，多少还限制了角色的塑造。甚至随着年纪的增加，别人能轻易用浓妆掩饰自己的老态，而这种类型的脸，就算皱纹能被遮住，还是容易让人感慨青春不在。

我也属于这一类型。在我不多的化妆常识里，我认识到，这种所谓化妆没有素颜好看的脸，最大的特征是不太能上眼妆。小心翼翼上个内眼线和睫毛膏提提神就够了，若再上眼影或其他的修饰，通常就是灾难。

对于普通人来说，这点烦恼在大多数时候是算不上烦恼的。素颜好看，在平日提供的更多的是一种方便。就连娱乐圈，近年来都在开始推崇素颜。在大家的认知里，素颜都美，才是真的美。

2

关于化妆，我特别不喜欢的一个讲法是："化妆是面试时的一种礼仪。"

我第一次听到这个说法，是在大三的暑假。在外婆家，我舅妈拿着一本《瑞丽》杂志，一边摩挲着杂志上女明星的脸，一边给我们说化妆的重要性。

我舅妈曾是法语老师，一口法语讲得松香软糯，辅修了两年法语的我还没有听过比她讲法语更好听的中国女人。后来她嫌收入微薄，去做了玫琳凯，高智商高学历和语言天赋让她在这个行业做得风生水起。我最初关于化妆的知识都是在与她见面时学到的，当她说起化妆的知识，连从小像假小子一样的读理工科的表姐，都捧着自己未施粉黛的脸拼命点头表示赞同。

化妆与礼仪产生关联，在我看来逻辑上是有很大问题的。不管怎么去论证，这都是一个伪命题，这个坑都是非跳不可了。毕业时大家都要上的当，你是很难众人皆醉我独醒地绕过去的。和黑色正装外套，黑色小包裙，还有不超过五厘米的黑色高跟鞋一样，即使是自己有本时尚经的姑娘，在《面试官不会告诉你的100件事》这样口耳相传的文章前也要败下阵来，最后大多规规矩矩地让自己穿上和所有应届生一样的白衬衫黑套装。

那样的面试套装我也买过。真的过五关斩六将，找了几轮工作后，我才发现：咦，原来面试不用穿成这样。到再换第二份工作时我才领悟，穿成这样反而是露怯了。

这样一个简单的事实，在当年却少有人能看破，看破也不一定敢尝试。明明是无拘无束有无限可能的年纪，女孩们在还没有进入职场被束缚的时候，却先被这些面试的伪“圣经”把自己圈地自牢了。

3

化妆是种礼仪，也许和黑套装一样是面试伪“圣经”里的一条，但至少它们之间的区别是明显的：从此之后，我再也没穿过黑色面试套装，而化妆还在之后的日子里继续陪伴着我的生活。

回头来看，这种说法最大的意义，是给女孩们提供了一个学化妆的理由。

化妆是一个受所在群体的影响很大的行为。大学毕业之前，我周围非常缺乏学化妆的氛围。大学所在的大学城是一座荒岛，上面只有一届师兄师姐，大家基本是“自生自灭”的生长状况，精致的自顾自精致，素颜的也没有压力，偶尔参加活动或者表演，提前去师姐的宿舍打扮好也足够应付了。

真正刺激到我的，是一场小学的同学会。

那是我第一次看到时隔多年未见的女同学们集体变身的样子，因为太早分开，不同的环境塑造出一群我不再熟悉的人，那时我的化妆技术刚修炼到能打底妆、涂口红的程度，不知怎么聊到化妆的话题，有个男生说他已经能给女朋友涂睫毛膏了，然后转头半是嘲弄半是炫耀地对我说：“你还不会涂睫毛膏吧？”

那个男生的眼神让我突然明白，我对“化妆是种礼仪”这个命题感到不适的原因：读书的时候，老师们把化妆的人当成是异类，而在某一个时间节点之后，不会化妆反而又成了被挑剔的理由。

当年我舅妈的“化妆礼仪论”很快在她的过度解释中露出了破绽。一次，在她力邀我和我的一位同学去上她的化妆课后，她强烈给我们推荐一款白色高光粉，于是我的那位同学问：“可以只涂高光粉，不化妆出门吗？”我舅妈说：“那就像是穿了睡衣出门。”我同学说：“那还是算了。”我舅妈又接了一句：“那也比光着身子出门好啊。”

如果说，面试化妆礼仪论还有些道理，那这句“不化妆出门等于裸奔出门”的定论简直让我瞬间清醒过来——这无非是为了达到某种目的而建立的一种价值观。

化妆可以让人更美，但再深想：为何大众对男性就没有提出这条化淡妆的“礼仪”？难道我们不是在同一场合面试，竞争的难道不是同一个职位？那为何在“礼仪”上就会有不同的要求呢？在这所谓“要求”之后，潜在的问题难道不是对男女不同的期望吗？

4

不知是不是巧合，我毕业后得到的第一份工作，刚好是我唯一一次没有按“面试圣经”去打扮的面试。

那个面试是在冬天，因为天气太冷，我索性穿了最暖的一件紫色呢子大衣和黑色长靴出门，因为穿着平时常穿的衣服，整个人是一种舒适自然的状态，从笔试到面试都很顺利，最后虽然生了一点波折，不过还是有惊无险地通过了。

和同事熟悉之后，主编和主任常和我聊当时面试时的一些内幕，比如当时的某个问题，别的面试者是如何回答的。而他们聊到的那些对面试者的印象中，没有一个和服装打扮有关。

进入媒体工作之后，化妆的这根神经反而彻底松懈下来。除了不要穿拖鞋，没有任何衣着打扮上的限制。我学习化妆，与其说是外界的硬性要求，不如说是自己的需求。

二十岁出头时，总是自满于别人说化了妆和没化没多大差别。再大些，知道照起相来，隔离能提气色，粉底相当于柔光特效；也会区分见人和上镜的场合不同的妆容；眼妆什么时候能省，什么时候不能偷懒；眉毛渐淡，皱纹渐长，也多了更多需要学习的内容。

虽然已经可以五分钟给自己化一个妆，但有时给别人一化妆，问题马上就暴露了——我完全不会化我自己以外的脸。其实到现在，我平时还是素颜居多，和最初学化妆时一样，涂个口红就觉得能见人。但每次需要化妆时，我的心情都是愉悦的，不是为了某种“规则”和“礼仪”而做，是为了让自己更好看。更重要的是，我知道即使不化妆也不存在“失礼”的问题，即使不会化妆，也不是什么大不了的事。

最近看综艺节目，赵薇和周冬雨聊天时说，谢霆锋皮肤特别好，上镜从来不化妆，拍出来还是那么好看。在最需要讲究化妆的行业里，这大概算得上是“恃靓行凶”了。

反过来想一想，有意思的是，在娱乐圈的通稿中，素颜通常和敬业有关，而化妆舍不得让自己丑，往往是和不敬业连在一起。其背后隐藏的逻辑，大概是人都有爱美之心，不忍舍弃形象。

素颜和化妆哪个比较敬业，说到底都是为角色和场合服务，没有动不动和“礼”扯上关联。

现在回想起大三时那堂举轻若重的“安利课”，比起动不动就上升到礼节的说法，我更喜欢在节目中不化妆，戴着帽子吃鱼的周冬雨常说的那个词：体面。除却自嘲，这其实代表的是一种心理舒适的状态：素颜面对大海，享乐放松是一种体面，打扮起来美得不可方物也是一种体面；内心丰富、对答如流是一种体面；自得其乐、不碍他人也是一种体面。

如果重新回到大三的那个暑假，我大概还是不会附和也不会争辩。化妆说到底是一件小事，但我希望即使是小事，也不要轻易地将一件本可以愉悦自己的事，放进别人圈定的规则里。

回到我的青春时代，我需要的并不是为化妆还是素颜更好去站队，而是不管化不化妆，都有这份不被他人价值观裹胁的自如。

那些关于恋爱的谜题

1

我特别累的时候喜欢重看旧韩剧。因为知道结局，所以可以安心地把那些剧情里的感情起落和人情世故看一遍又一遍。

我常看的一部韩剧是《恋爱的发现》。每个漫长的假期，每次心情不好的时候，每次非常想看恋爱故事的时候，我就会把这部剧翻出来看。说是看故事，其实是想看那个与众不同的女主角。

郑裕美演的三十二岁的女主角韩夏天，在年轻时投入地爱过且伤过一次之后，变得非常懂得恋爱的技巧：冷战时的推拉；发现男朋友有出轨迹象时的处理；就算知道对方没错也要给惩罚的心狠；生气时绝不先退让一步，吵架时就算对方挽留也坚持要走，留下一个帅气离开的背影——哪怕出门后就蹲在角落里痛哭的决绝。

这样成熟的女主角，杀伐利落，言语伶俐，运筹帷幄，就算前男友重新表白，她拒绝的理由，都像往他心上捅的刀，刀刀见血，稳、准、狠。

看这部剧时，弹幕都说要记笔记，因为女主角谈恋爱的手段又高明又实用，永远不自己先低头，有着小狡猾和小心机。但这样懂得谈恋爱的女主角，其实也是在爱情里摸爬滚打练就的。年轻时的恋爱，天真、冲动、委曲求全，哪有成熟后的女主角杀伐利落好看。

2

发弹幕的女孩想学的是成熟之后的韩夏天，年轻时的韩夏天没有什么好学的。

年轻时的韩夏天有的只是一腔孤勇。在火车上看到英俊的男主角，就敢目不转睛地盯着看，说“哇，真神奇，就在刚刚那个瞬间我被你迷住了”。因为被迷住，所以她跟着他上了船，去莲花岛。

韩夏天跟男主角分手的时候，也是在去莲花岛转乘船的车站。她最后把包一扔，一步一步走得决绝。她说她不敢提分手，因为知道男主角是提了分手就回不去的人。但就在下决心分手后，她却打着电话哭着要复合，纠缠不休。

年轻时的爱情，真狼狈啊。

每次看到年轻时的韩夏天在电话亭里捧着电话求姜泰河复合，我都不免想到一个问题：什么样的恋情会让人难以放弃?

现在我可以迅速给出这个问题的答案：无论是明恋、单恋、暗恋，最残酷的一种结束，大概是戛然而止的恋情。因为原因不明，所以不甘心。就像后来剧里说的：要知道为什么结束，才算是结束了，不然的话，在内心会觉得还没有分手。所以，她很快后悔，纠缠不休。正因为这样，才会产生恨意。在无数个流泪的日子后，才炼成了后来恋爱的态度。

不管理由如何，这剧情印证了我在现实中察觉的一个规律：女方提分手，通常是分不了的，而男方想分手，通常就是结束了。

男生是怎么想的，从前的韩夏天问不到，后来的她已经可以不用问了。

3

男生到底是怎么想的？这样的问题，我也被我的一个要好的女同学反反复复地问过。

那时我们已经上大学，我的这位女同学恋上一个比她大十岁的男人。因为阅历上巨大的差距，这个男人对于还在读大学的女孩而言就是一个天生的谜题。她当时不解到什么地步呢？闺密跟我说，他们一起去香港，他带她在维多利亚港太平山顶喝咖啡，勺子搅拌之后，本来该放在一边，他却用来舀咖啡喝。这样的行为别人做了是要被她鄙视的，但他做起来却让她不确定，觉得也许他是另有讲究。她觉得自己无可救药。在一起时，她不知道他们算不算在一起，分手时也不知道算不算分手。那个男人的每一个想法她都无法捉摸，她迫切想知道他在想什么。

男生是怎么想的，这个问题也许并不难回答，只是过于残酷。

那段时间，由于求解无门和好奇心作祟，我妄图求助其他男性来解答。当时我的一个男同学，现实中非常善于撒谎，并以此为傲。他会跟我讲和历任女友分手时的想法，分手的方式以及自己说谎的招数。那段时间刚好也是美剧《别对我说谎》非常火的时候，我们常常会讨论剧情。剧里那位一眼能识别对方是否撒谎的莱特曼博士，大概也预料不到他的行为心理学被小女生们急切地用在恋爱实战中吧。

那位男同学众多恋爱分手的手段中，有一条我记得很清楚：他对外都称是女生甩了他。问及真相，他却说："没有感觉了就分开好了，一周不接电话不回短信，再能忍的女生也会跟我提分手了。那时我们就说好，我跟别人说是她甩我的，这样她也不会恨我。"女生们一直想知道男生对一些事情的想法，真正知道了，真相却是这般无可奈何。

和男生做了朋友，当他们毫不掩饰对你说实话时，才知道他们经常表现出不经意的残酷。

那个男同学跟我讲，他的女友因为太黏人让他有些腻烦。有一次打电话问他在不在家，他说不在，结果女生已经到了楼下，上楼敲门给他父母送吃的。这个男同学居然躲到衣柜里，然后在母亲的掩护下跑到天台，假装才回家。他把这件事当成像间谍片一样的趣事讲给我听，这样毫无意义的躲藏和若即若离，对于那个女孩来说大概也是求而不解的谜题。那个女孩最后去人人网找了他关注列表里的女生一一试探，做出了种种不可理喻的事——穷途末路的解谜者，是不会顾及姿态好不好看的。

当我的那位女同学再问我男生是怎么想的时候，我总会去问一下这个男同学，收获一种得以窥探到硬币另一面的快感。但我始终无法释怀的，是她那种无助无解的感觉。

有时答案出乎意料地简单，也没多么不堪，就是有些残忍。先动心的人输，爱得更多的人傻，设置谜题的人立于不败之地。

4

也许，恋爱的谜题是不分男女的。只是通常而言，女生要晚那么几年，才能知晓答案。就像成熟后的韩夏天，就像我们一遍又一遍说要抄下来的恋爱技巧，都展示了这样的一种可能：在爱情中从容而主动的可能——哪怕只是看上去的从容，也不让自己难堪。

这样的女主角太难得，所以即使有委屈，有懊恼，有不如意，我仍然佩服她后来斩断恋情时的利落——不管是哪一段感情。一部剧在看了太多遍之后，情节已经不再重要，我看见的是成长与蜕变：年轻时的解谜者，有了放弃解谜的勇气。

成熟后的韩夏天的不留恋，也许正是因为年轻时的她曾掏心掏肺地爱过。

2016年，张娜拉演的一部韩剧里，同样是三十几岁的女主角，在每一次恋爱时却都还是会全情投入。旁人说她傻，但谈起恋爱中的输赢，她这样说："成为更爱对方的一方才算赢，一旦开始相爱，就要对别人掏心掏肺，喜欢就勇敢说喜欢。这样一来，才能在分手时，不会有停滞不前的留恋。"

我不确定这两部韩剧中的恋爱观哪种更好，但不管哪种，原来都可以利落地画下句号：那些谜题的答案，就算不知道，也是可以没有遗憾的——这不知是不是年纪增长之后才有的通透。

即使说情节不重要，但有谁会一遍遍地看不好的结局呢？

不管重新再看多少遍，我好像还是会选择男主角姜泰河，而不是看上去用命在宠韩夏天，但始终处在爱情弱势里的男二号。男二号的弱势，是女主角用她的恋爱技巧造成的。虽然从重逢之时起，姜泰河也处在爱情里弱势的一方，但那弱势，是女主角年轻时受的伤换来的，所以有起承转合，有念念不忘，有物是人非，还有岁月的回响。

年轻时的爱情给予了未来什么意义呢？给了未来成熟的可能，以及没了爱情也能活下去的信心。但无论怎样，重要的是能不被恋爱的谜题所困。

中年少女与粉红色

1

我用上班后拿到的第一笔试用期工资，买了一条黑色呢子连衣裙和一件粉红色的羽绒服。

黑色呢子连衣裙非常实用，跑采访时立刻有了职业的感觉。外面套风衣、毛衣或黑色外套，下面套上长靴，整个人便暖了起来。试用期，领导给的每个任务都是考验，不敢说不，不敢说自己的能力不够。于是这套行头在那个试用期的冬天，陪我度过了无数硬着头皮去邀约作者和采访人物的场合。

相比起来，粉红色羽绒服实在是太不实用了。广州的冬天，能穿羽绒服的日子并没有几天。那件质地是珠光粉的羽绒服，格外怕脏，店员说洗了之后就没了那种像粉红色珍珠的光泽感，所以我平常的日子也就不怎么舍得穿。真正要打扮的时候，我又觉得羽绒服太臃肿。总之，这件羽绒服利用率非常低，但我还是毅然决然地把它买了回来，这也是十几年后，我的衣服里又一次出现了粉红色的衣服。

我不知道其他女孩是从什么时候开始拒绝粉红色的，对我来说，是小学六年级时剪了一次失败的男孩短发后。那时开始我不再穿裙子，改为穿宽大的灰色长裤和同样宽大的灰色系T恤，想以男孩的穿衣风格来掩饰自己剪发的失败。

在这之前的我颇为迷恋粉红色，那时我还没认识到，世界上九成的小女孩都喜欢粉红色。当我抗拒穿粉红色衣服，用粉红色文具，拒绝一切粉红色事物时，母亲明显有一种第一天才发现的感觉。对母亲来说，一个不肯穿裙子的女孩，远比一个迷恋粉红色的女孩要难打交道多了。

同学的家长和母亲的同事都觉得我乖巧，他们羡慕我母亲，觉得我没有青春叛逆期。但我知道，我抗拒粉红色就是我的青春叛逆期。

告别粉红色的好处有许多，穿着宽大的灰色T恤的我，可以在见亲戚时做出冷漠的样子，不用讨人喜欢。好像利用叛逆的外表就可以做很多之前不敢做的事，比如面无表情地拍家族合照，比如装作听不见大人的指责。大人们就算觉得我这样不对，也无可奈何，就像他们对我的两个堂弟的态度一样。他们会自我安慰：只是调皮，只是叛逆期而已。

男孩真好啊，即使是穿得像男孩也真好啊。躲在男孩气的T恤里，面无表情的我，有时会这样想。

2

等头发重新留长时，就进入了只能穿校服的初中时代。即使是不用穿校服的时候，我们一整个班的女孩，也没有几个会穿粉红色。那是刚刚进入怕别人嫌不够成熟，生怕被大人小看的敏感年纪。

记忆中没有爱穿粉红色衣服的女同学，但有一个爱在校服里穿粉红色T恤的男同学。他的个子接近一米九，对初中生而言异常高大，一直被安排坐在最后一排，但平时说话做事都有些女生气，爱翘兰花指，爱用撒娇的语气说话。当他穿着粉红色T恤来上课时，班上的同学像是探究到了什么真相，下课的时候笑嘻嘻地叫他“人妖”。

人们对粉红色有偏见这件事，我最开始是从青春期同龄人的身上认知到的：粉红色等同于“公主病”，粉红色是会让年纪渐长的女孩们感到不好意思的颜色。

2005年的一部叫《结婚》的韩剧中，家境优渥，丝毫没有受过苦长大的女主角，绰号叫“粉红公主”，衣服是粉红色，手机链是粉红色，床品是粉红色。本来毫不掩饰对粉红色的喜欢的女主角，却在男主角朋友的酒吧里，被闺密爆料绰号时慌张地脱掉粉红色外套，急忙否认她喜欢粉红色。在这里，粉红色仍被看成是让人难为情的颜色。

高中时，有一家衣服品牌以粉红色的蕾丝边为主打特色，成为了最具少女的衣服品牌之一。

当时隔壁班有个女孩，每天穿的都是这家品牌粉红蕾丝系的衣服，据传言，她妈是这家品牌的代理商。女生们说起这件事，她总是会轻笑着摇摇头。某种程度上，这个女孩也抑制住了我们买粉红蕾丝的冲动。

例外是有一年冬天，这家品牌出了一款超级好看的粉红色羽绒服，又保暖又好看，在寒冷的冬天堪称完美。那时几乎班上所有的女生都去专柜看了这件在十几年前就标价上千的羽绒服。买这件羽绒服，甚至成了评判大家家境如何的一种指标。等我央求父母带我去买时，已经没有我能穿的码了。

那时我有种松了口气的遗憾：太贵了，太不经脏了，但是太想要了。这个结果，也许最好。

这件粉红色的羽绒服在我心里藏了很久，某种程度上，它成为了正在念高中的我在虚荣心上念念不忘的一件物品。我错失了可以和女孩们共穿粉红色而不被指指点点的那个冬天。

3

粉红色与少女，颇有些宿命中要错过的意味。

在正当穿粉红色的年纪，却因种种选择穿黑白灰，而在年纪渐长后，却重拾对粉红色的喜欢，以至于喜欢粉红色，成为“中年少女”排在第一位的标志性特征，这不能不说是一种微妙的纠结。而像韩剧里那样堂堂正正将粉红色从童年一直穿到工作的女主角，就算没有错过穿粉红色的年纪，也会经历被朋友嘲笑的时刻。这样让人纠结、矛盾的颜色，大概独此一种。

我想起高中时那件让我有执念的粉红色羽绒服，除了对衣服本身的记忆之外，商场的一幕更让我难忘：那些高中女孩穿上都有些不好意思的粉红色蕾丝衣服，却吸引了不少上了年纪，身材走样的女人去试穿。年少的我，看着她们无端生出一种复杂的情感。一边羡慕她们有购买力，一边又觉得服务员说“衣服很搭哦”的场景很滑稽。还在喜欢穿粉红色的中年女子，不知为何有些喜剧式的悲凉。

“中年少女”这个词刚出来时，我第一时间感受到了少女时期感受到的喜剧式的悲凉。看一下我的私人物品：电动牙刷、洗脸仪、保温杯、电脑包、相机、手表、运动鞋、卫衣、睡衣、行李箱、手机……不知不觉间，少女时敬而远之的粉红色如今又慢慢填满了我的生活。

有人曾总结，女生一般会有三个年龄阶段：喜欢粉红色；抛弃粉红色，喜欢黑色；过了这个阶段后更加疯狂地喜欢粉红色——我并没有逃过这个看似没有道理可寻的规律。

但奇怪的是，在这个年纪明确地说自己喜欢粉红色，反而不需要年轻时那样大的勇气了。现在回想起来，少女成长中抛弃粉红色的那个阶段，或多或少也是因为附加的这一条解读：拒绝粉红色，其实拒绝的是旁人眼中的不成熟。

为什么“中年少女”过了抛弃粉红色的阶段后，又会回到“疯狂喜欢粉红色”的阶段？除了“装嫩”外，大概还有更深层的原因。人成长到一定阶段，对自己的认知逐渐成熟，越来越有主见，相对的就不会因为外人的评价而改变自己的喜好。对粉红色的喜欢，也许从未丢失过，而在年纪增长之后，从心智和经济能力上，都可以更自由地去追求自己想要的。

是否选择粉红色也和经济能力有关。粉红色不耐脏，不好洗，不经穿，不耐看，不好搭，远不如黑、白、灰百搭实用，还要冒着被评价为“装嫩”和“不成熟”的风险。不管怎样想，都太不划算了。

粉红色唯一的优势大概只有“让人心动”这一条了。

所以，只有到拥有一定经济能力之后，才能摆脱这些实用主义的条条框框，顺着自己的心意，不顾外人嘲笑，在年纪愈长之时，拿下一个又一个的粉红色单品，颇有些千金难买心头好的意味。

所谓“中年少女”对粉红色喜爱，某种程度上，是和这世界拉锯，逐渐服从本心的结果。当然，这种追求不是让自己变成一棵挂满粉红色饰品的圣诞树，当我看到成熟女子得体地在穿搭中运用着粉红色元素，在日用品中看到精致的粉红单品时，我都会觉得，这大概就是我喜欢的所谓“超越年龄的少女心”。

这种美，不只属于少女，也不只能打动少女。

到这个年纪，敢于不惧他人的目光，敢于相信自己，敢于不考虑经济和实用去追求一件东西，是度过一定岁月后，给自己的底气。没什么可羞涩，也没什么好难为情的。

当然，粉红色与少女情结之间的纠结，大概不管什么时代都没有停止过。即使到现在，粉红色依然还是韩剧中的一个梗。

2017年的韩剧《三流之路》中，三十岁的女二号和另一个年轻女孩穿着一样的粉红色卫衣一起走在街上，她说起自己小时候因为喜欢穿粉红色，家里又是卖猪蹄的，所以绰号叫“粉红猪头”，两人相视一笑。时间过去了十五年，韩剧中的女性角色从对绰号感到羞愧，改变为即使被小时候的绰号伤害，长大后依然坚持自己的喜好了。

这一刻我突然很想倒回去看看，2002年那部韩剧里的“粉红公主”，到最后有没有重拾自己喜欢的粉红色呢？

他其实没那么喜欢你

1

2009年有一部话题性的电影，叫《他其实没那么喜欢你》。电影讲了五个女子的爱情故事，看似普通，却因为揭示了一个真相而成为女性必看的经典电影之一：如果一个男人对你不屑一顾，那么他就是对你不屑一顾，没有别的什么理由。他没有弄丢你的号码，他没有出差，他没有在忙——他不给你打电话，仅仅是因为他不想见到你。在这样残酷的真相前，让人不由得对电影的立意拍手叫绝。

我第一次看时，却差点给这部电影打一星。年少时的我，见不得又丑又蠢的女主角最后抱得帅哥归的情节，因为会给人不切实际的错觉。

主演詹妮弗·安妮斯顿、德鲁·巴里摩尔和斯嘉丽·约翰逊都是实实在在的大美人，偏偏主线女主角金妮弗·古德温是一个长相平凡，为人处世又尴尬的女人。

十年后，机缘巧合再翻出这部电影，女主角看上去并不如记忆中那般不好看，而电影的前半段的台词也成了箴言：如果一个男人看上去不在乎你，做了伤害你的事，那事实是他真的就不在乎你。没有例外，没有借口，没有那么多欲拒还迎的考量，事实就是大家都不敢说出口的——他其实没那么喜欢你。

电影的片名翻译得非常精准，不是“不喜欢”，而是“没那么喜欢”，所有让你在内心翻来覆去揣摩的细节，只是他一时兴起，却让你惦念许久。

2

青春期的女孩都应该像金妮弗·古德温扮演的吉吉那样配备一个乐于揭露男人真相的男性友人，在女孩们疯狂想知道男生在想什么的时期不用一个人挖空心思去揣摩。

电影里，贾斯汀·朗扮演的亚历克斯最初是出于同情，觉得吉吉有趣，多次帮她分析约会对象后，两人成了朋友。而在吉吉突然反应过来，找出种种他喜欢上自己的迹象，自作多情地向他表白之后，他感到非常愤怒：“你为什么会觉得我喜欢你？我开口邀你去约会了吗？没有！你们女人为什么总是反复琢磨细节，然后赋予它并不存在的意义？！”

这大概就是男女之间最大的不同。吉吉看上去什么都没做，只是每晚脑补，却动情已深。而亚历克斯代表的男方，在吉吉需要的时候随时陪聊，给她介绍约会对象，陪她度过那些难堪的夜晚。到头来，在女主角对他表白时，却无情翻脸。

我最初见识到男生的残酷，是高中的时候，那时，喜欢的男生对我的态度急转直下。在此之前，他在我被同班同学抛下一个人出黑板报时，拾起调色盘解救了我的手足无措；在图书馆自习时，他帮我解答英语题目；我高考前那个被朋友遗忘的生日，他专门跑来送给我他亲手画的生日礼物和一封手写信；他帮我订正过许多次英语课堂作业，还帮我翻译期末论文前面的英文绪论；每到一个地方旅行都会给我寄明信片。而我不过是在他发短信或打电话来时，陪他聊聊他的烦恼和梦想罢了。

若这样计算下来，我其实是不该怨那个男孩的。只是实在想不通是为什么，得不到答案。

有一天，我和他的初中同学同路回家，那个女孩和我八卦起他的过往：初中时有女孩喜欢他，他朋友跟他说起此事，他当着大家的面说“她喜欢我是她的事，我又没做什么”。

高中时的我在得知那段对话之后，常常做噩梦，梦到他在大庭广众下也那样对我说上一句：“对不起，那是你自己的事。”

事隔多年，有次在豆瓣看到某知名男演员的一段采访，他说在剧组里会撩同剧组的女演员，但绝不负责任。“如果你喜欢上我，那对不起，那是你自己的事。”无论男孩或男人，大概都有这种本领，无师自通，看上去不是多严重的错，却十分伤人。

喜欢人的情绪，有时煎熬如地狱，会把自己置于折磨与不安之中。电影中亚历克斯撩过又划清界线的女招待在发现亚历克斯喜欢上吉吉后对他说：“恭喜你来到我曾经待过的地狱。每个人都待过，现在轮到你了。”

3

电影里，亚历克斯对吉吉之前的这些付出究竟是被曲解的善意，还是他自己迟钝未觉察的喜欢呢？他对吉吉说：“如果一个男人不打电话给你，那是因为他不想打电话给你。”但他也说过：“同样的，如果一个人想见你，相信我，他会来见你。”

于是，影片最后给了观众一个皆大欢喜的答案：亚历克斯作为全片最有魅力的男主角，终于很快意识到自己喜欢吉吉，尽管这转折显得很仓促。但若不是这个结局，大概这部片子不会被那么多人归入和少女心有关的私藏影单。

可也正是因为这个结局，本片的立意折损了大半，现实是大多女孩们走不到男神回心转意的那一步。这样强行圆满的结局，让大家好像都忘了电影前半部分的主题——他其实没那么喜欢你。

其实任何故事，如果剪的时机足够好，大概都能剪出一个好结局。

比如，我上大学后，那个高中时让我伤心的男孩，开始频繁地给我写信和打电话。我和他更熟之后，跟他提过那个让我做噩梦的传闻。他笑笑说："我怎么会这样对你？我绝不会这样对你。"但这件事终究让我对他和之后所有向我示好的人心生警惕。在此之后，所有没有明示"喜欢你"的善意和示好，我都只当是别人的友好和善良。

后来想想，他给我写信和打电话，大概是因为出国留学太寂寞。他说看着中文字亲切，总是催我回信。每晚，他从学校回公寓的路上，会给我打二十分钟的电话。电话那端是热带潮湿空气的风声，热带植物宽阔树叶的拍打声，沿街的叫卖声，一路听进耳朵里。后来他喜欢上徒步，每次出发到机场时，会拿机场电话打一通准备出发的电话给我。我收到过他从世界各地寄来的明信片，有一次是从美国大峡谷寄来的，上面写着：在峡谷底部时，又渴又饿，一眼望不到尽头。周遭没有人，一度以为自己要死了。

他的电话有时会打断我做功课和写论文，我渐渐也会有不耐烦的时候。有一次接电话时有事，我非常想快些结束，突然听到他那边传来水流声，原来他正在山区喀斯特地形的岩洞口，不远处还传来大狗的叫声。那时他刚从洞里爬出来，看着月色正好，就想给我打个电话。那一刻我内心突然平静下来，他带给我的，也许便是区别于日常生活的一种体验，不管是伤心的，还是开心的。“喜欢过”的心情并不是一无是处，在许多个过了就忘的日子里，也留下了一些可回味的片段。

有一次通信时，他在邮件里写：我想我是喜欢你的。那一刻我盯着屏幕看了许久，说不清心里是什么滋味。一半怅然一半欢喜，欢喜大概是想起了十七岁的自己，但当下，更多的是一种“结束了”的怅然。

一旦喜欢了，把真心交到别人手上了，就给了别人伤害自己的权利。虽然我们都能坦然面对我曾经喜欢过他这件事，但即使在朋友式的交往中，我也自我感觉低了他一头。直到收到那一句“喜欢你”，我才觉得我们之间平等了。这一刻他把软肋递到我手上，尽管知道我们之间再无可能，但因为这一句迟来的喜欢，遥望回我的十七岁，便不再觉得可笑和愚蠢了。

这可能也是影片给吉吉和亚历克斯这样结局的原因：因为亚历克斯的这句喜欢，之前吉吉所有的蠢笨与不安，让人尴尬到手指蜷缩的种种行为，就都让人没有了嘲笑的理由。这样她的一腔孤勇才值得敬佩，才能铿锵有力地说出台词：“我的心依然难安，我渴望有人至死都暴烈地爱我，明白爱和死一样强大，并且永远地扶持我。”

4

电影只演到亚历克斯幡然醒悟的那一刻，而现实也许要复杂得多。就像影片里其他四个女子的故事一样，还有很多种情形和可能。

导演给了安妮斯顿扮演的贝丝作为“剩女”，男友尼尔迟迟不愿和她结婚的困窘，也给了他们足够的善意让他们有好结局。贝丝在妹妹的婚礼上被亲戚嘲笑，因为和谈了七年的男友分手，作为伴娘在红毯上只能牵一条狗。但当她父亲病倒在床时，姐夫和妹夫在客厅只顾玩乐，甚至开始惦记父亲的遗产，只有她那位被分手的男友默默地跑回来，在厨房里洗几天没洗的碗，帮她清理这一家的烂摊子。

这一刻，谁还会认可那条“如果男人不愿和你结婚，就是不够喜欢你的”定律呢?

所有经验性的定律都有特例，而每个人都希望自己是特例。在这种希望面前，影片之前所有的醍醐灌顶，似乎都可以一笔勾销。其实吉吉就算没有和亚历克斯在一起，她也会遇上亚历克斯给她介绍的“特别适合她”的那个比尔——稳重、守诺，不让人提心吊胆，答应了要给她打电话，就一定会给她打电话，不会让她独自呆坐等上一晚。但那样不够戏剧，不够浪漫，不够冲淡她之前愚蠢、可笑又尴尬的行为，所以导演要奉上亚历克斯，这个全片最有趣、最浪漫、最招人喜欢的男主角，来给吉吉一个皆大欢喜的结局——尽管这几乎找不出合理的地方。

吉吉几乎不到半分钟就接受了回心转意的亚历克斯，以她的立场，没有不接受的理由，如果不接受，可能一辈子都不会甘心。

曾经的我有没有不甘心呢？在睡不着的深夜，我也曾这样想过。应该是没有的，尽管“他没那么喜欢你”的定律因人而异，但细心一些总能察觉到，在自己不会骗自己的时刻。

我的不甘，终结在一杯十块钱的奶茶上。

收到信后的那个暑假，那个男孩约我在家乡的一家奶茶店见面。毕业那年，我们学校门口的奶茶连锁店一杯普通的奶茶大概是十五块。暑假时回去，能看到初中生和高中生点一杯奶茶，然后在那里做作业。那个男孩也把我约到了闹市中心一家奶茶店，如果说那家店有什么优点的话，大概是比周围的店都便宜。那是我这辈子喝过的最难喝的一杯奶茶，又苦又涩，没有诚意，甚至远不如高中时学校小卖部里卖三块钱一杯的珍珠奶茶。约我那天，那个男孩没有洗头，头发黏腻到一缕缕的。碰面之后，他去买烟，并没有问我能不能抽。甚至等奶茶端上来后，他还催促我快点喝，因为见完我，他等会儿还有事——这一切都让我实在无法相信，我对他而言曾经是重要的人。

我把那杯难喝的奶茶一饮而尽，从此回忆起这段经历时，再没有不甘和留恋。

5

男生的心思，其实比想象中要好猜得多。重要的问题也许是影片中女主角吉吉问出的：我是否要远离每一个没那么喜欢我的人？这样到最后，我是否会孤独终老？

影片最后，回心转意来找吉吉的亚历克斯带了他们第一次见面时，女主角用来做借口的那支促销圆珠笔。他没有精心准备礼物，没有像样的道歉，甚至没有听完女主角的埋怨，用一个强吻带出了这个喜气洋洋的结局。终于“脱单”的女主角，最后用画外音的口吻，对影片中以离婚结束的一对夫妻，表达了自己的怜悯。

这大概是我虽然已经能耐心读懂影片的惊艳立意，却始终无法喜欢这部电影结局的原因。

对于女主角提出的问题，有些乐观的人大概有把“他没那么喜欢我”提炼成“他喜欢我”的本事，而我的傲气只允许在青春年少时蠢上一次。或许会孤独终老，或许会成为旁人眼中恋爱一次就成功的幸运儿。但在年轻时，并不会知晓。

为了写这篇文章，我找出了久远的书信，里面那个男孩写：我自己都很难相信的一个事，就是我虽然不算是一个很好的听众，却留下了你所有的书信。虽然我和你写的信，你早就没有了，但我一直留着，而且我也知道我会一直留着。我每次上路之前，想要写点东西，总会留给你，因为我觉得你一定是那个我值得信赖，也会好好保存的人。

在冷静的分析下，我仍然希望每一个自己认识到“原来他不够喜欢我”的女孩，到最后都能留有一点柔软的记忆。这大概是“他其实没那么喜欢你”这句话中，“喜欢”那个词仍然闪闪发光的原因。

卷②

想去远方的人都有故事

黄伟文给薛凯琪写过一首歌，叫《给十年后的我》，每次听的时候，我都想象着和十年后的自己相见的场景。

这十年来做过的事，能令你无悔骄傲吗？
那时候你所相信的事，没有被动摇吧？
你成熟了不会失去格调吧？
当初坚持还在吗？你还是记得你跟我约定吧？
区区几场成败里，应该不致麻木了吧？

一首歌听了这么多年，渐渐从憧憬听成诘问。我不知道十年后的我会是什么样，但我知道，现在的我，大概会令十年前的我失望。年少的自己，梦想也不是那么大，但那时期待的未来的自己，应该过着更闪亮、自如、从容的生活。我还记得那时写同学录，梦想的那一栏，我写的是：愿未来的自己，无处而不自得。

如今回头看，我唯一算是完成我年少时心愿的事，只有一件：想要去远方。

在所有懵懂而无结果的努力中，这是我最后的底线。这底线支撑着我度过了高考前的日子，度过了在广州读大学的八年，度过了工作后那些熬夜的晚上和还有哭泣的日子。即使在最艰难的时候，我都从没想过要回头。

每个想去远方的人都有故事，我也有一定要离开的理由。在人生大多数的时间里，我不知道自己想要什么，但是非常明确自己不想要什么。有时想想，比起追逐的梦想，人生中不想掉进去的黑洞，更能迫使人不停向前走。

于是，我就这样在远方生活下来，谈不上从容，也并不自得，甚至称不上努力，偶尔也会觉得对不起年少的自己。但是，我还记得和十年前的自己的约定，那些少数完成了的，和那些不知何时才能完成的目标，我都记得。

想去远方的人都有故事

1

高考之前，我家的墙上有一幅大大的中国地图。有一天，我盯着地图，视线以我所在的小城为中心圈了个圆。我在心里暗暗发誓，圆内的地方我都不要去。

我想走得远一点，再远一点。

要去远方的念头很早就立下了，远方代表的是自由，对一向循规蹈矩的我来讲，那是去远方的唯一的机会。直到高三，我的门禁时间都还是晚上八点，偶尔同学聚会或出去唱歌，第一个扫兴说要走的一定是我。如果回去晚了，母亲的脑中会跑马灯似的播放犯罪新闻，然后在等我的时间里把自己吓得不轻。回家后，我往往面对的是母亲一晚上的念叨。我若据理力争，她会更加愤怒：“你居然为一群不知所谓的同学和我吵架？”

我的父亲在面对敏感的母亲这件事上，会更有经验。在父母的婚姻生活中，晚归是他们为数不多的吵架内容中最常见的一个。我父亲不回家吃晚饭的时候非常少，我相信只有他能理解我在外面聚会时，接到家里电话时同学们看我的目光，非常的“没有面子”。无论是用BB机的年代，还是用手机的现在，他反复对我妈说，不要一直打电话，在路上不断响起的铃声会让他心惊肉跳，开车会不安全。

但他不觉得母亲的担心没有道理。有一次我晚归的夜里，他去接我，告诉我，在他来的那段路上，有一辆摩托车飞身而过抢了走在路边的女子。因为职业的关系，他每天早上都能看到警务系统上发布的前一天在这个城市发生的犯罪事件。我所在的城市，远比我以为的要不安宁。

小时候看郑渊洁的童话，他说世界上不用考虑自身能力即可无条件管理别人的职业只有三个：教师、警察和父母。我当时有些恍然，我的父亲是警察，母亲是教师，这大概可以解释我从小到大感受到的束缚感。

直到读大学，每到假期，我的门禁依然存在。除了远离家之外，这个问题没有别的办法解决。虽然当时我并不那么清楚，但意念已经非常强烈。

2

除了共同抵抗母亲的时候，其他的时间里，我和父亲的关系并不那么融洽。有一次开家长会，同学问：“你爸妈会不会打你？”我点头，她惊讶道：“你成绩这么好，这么乖，有什么理由打你？”

父亲对我打骂的次数不多，但几乎都和奶奶家的事有关。奶奶和母亲的关系并不怎么好，只要母亲说起奶奶的不好，父亲就会展现出他人生中最暴躁的样子。

有一次母亲和父亲因为奶奶家的事吵架吵到一半，她怕刺激他，于是先出门避一避。我从房间出来看不到母亲，有些着急，就想去找她。父亲拦住我，让我把他刚才砸母亲的高脚凳扶起来，说我看到凳子倒在地上都不知道扶。我一时气愤，并不愿意，坚持要先去找母亲。他一下子变得非常暴躁，把我推倒在地，一下一下地踢我的后腰。

殴打是什么时候停止的我记不清了，也许很快。后来我奔向电话，想报警，后来想了想有更好的方式——我打了大伯的电话，电话接通时，我一边哭一边对大伯喊：“我爸要打死我了！”我的爷爷、奶奶、父亲、大伯和小叔，全是警察，当时我小小年纪，竟以这样的方式报了警。

父亲的愧疚来得很快，后来我坚持说自己腰疼，母亲带我去查肾功能，在等待结果的时候，他的表情一直很不自然。母亲极为心疼我，反复说着，女儿这么大了，怎么能打呢？

在我青春期的六七年里，他只打过我这一次，但从此我们的关系就不复从前。父亲的愚孝像一个暗生的毒疮，平时没事，但只要重新碰到“感染源”，便会生出带血的脓疮，清算一般把旧怨再结一次。

对于学习，我其实并没有什么动力，有时我甚至怀疑，我上瘾的只是得第一的感觉，但并不知道自己为什么要拿第一。这件事之后，一个更加清晰的念头在我心里产生了，我要远离这一堆亲戚。

在奶奶那一家人中，爷爷是最温和的一个。他在我读初二的时候过世，在我模糊的记忆中留下一个良善的形象。但这位毛笔字一流，年轻时有秀才之名的老人，曾经有一次在家宴上喝多了酒，对着孙辈中读书成绩最好的我说："女孩子考什么好学校？去那么远干什么？读本地的大学就够了。"

这么荒唐的提议，父亲居然听进去了，还好母亲立马反驳了。每每念及此，总是让我心凉。

3

高考之后很多年，我仍然会做噩梦。我梦见自己在考场上，完全没有复习；或者还没有答完题，老师却收了卷。弗洛伊德说，这种梦是因为做梦的人又要面临重大考验，潜意识会想起以前顺利完成的类似经历，暗示自己这次现实中也会顺利。

但梦中的恐惧却异常真切，仔细想想，高考如果不顺利，最害怕的事其实不是落榜，而是不能去远方。

我还记得，父母送我去大学的场景。我被分去的校区，在广州大学城，是一个与市区隔离的孤岛。上岛之后，只有岛上总站发出的公交车可以到达学校。因为听说岛上荒芜，学校旁只有一个小超市，我连指甲刀都从家里买了过来，行李实打实地装了四五个蛇皮袋。

上大学之前，我只在高中时住过一个学期的学校宿舍。当时学校收的学生太多，本部住不下，于是高一的新生分两批轮流去分校住半年，每周回一次家。上大学这次则实实在在的，从任何一个意义上来说，都是我第一次离开家。

从外表上看十分娇惯的我，却很快适应了新生活，一点思乡的情绪都没有。父母回总站的时候，依然坐着来时的那一趟公交车。车门关上的那一刻，我看见隔着玻璃红了眼睛的母亲。而我的心酸，只到这一刻为止。

那一年的迎新晚会刚好是中秋，我碰见了好几个掉泪的同学，但我没有哭。那时我暗自思忖：自己的心，还真是硬啊。

我想去远方，我也来到了远方。这样的欣慰，足以抵御我的思乡之情。

4

偶尔想家的时候，往往是下雨的时候。

我家乡的小城一年到头都是雨，如果有一周时间不下雨，那便是大事——人们会开始忧心水库会不会没有水。广州的雨水则是不同的，通常连着几个月一滴雨没有，而一下雨就是接连的台风、暴雨，一点喘息的时间都没有。

但就是这样风格迥异的雨，我也能寻到一些相同的气息，又或者说，只有在下雨的时候，这两座城市才会有相似的地方。

有一次下雨，我骑单车从教学楼回寝室，经过网球场，看到路边的一棵小树竟然倔强地开出了几朵红花，我几乎在第一时间就确定这是木棉花。在那一刻，我迅速想起了高三时，我在学校七楼自习室里展开过对远方的想象。

木棉花在某种意义上，代表了我想去的远方。我第一次知道这种花是在一本青春小说里，书名叫《花开花落》，女主角叫范霓。

青春成长中总会有一些不经意间对你影响至深的东西，这本书也许不是很出名，但它是最早向我完整地展现了一个女孩从上大学到找工作的青春小说。相比起爱情故事，书中主人公写实的经历更让我记忆深刻。从军训到本科毕业，从本科毕业到保研，从保研到最后找工作，它像是一个写实的图谱，给我描绘了高考之后可以预见的生活。我是在初中看到这本书的，那时我每周去一次市图书馆，把放青春小说的书架翻了个遍，才发现这本在现在几乎没人再提起的书。

书中描写女主角在的学校有木棉花，说木棉花又称英雄花，木棉树高，花开的时候一片叶子都没有，满树红花，开得顶天立地，连它的坠落也分外豪气，从那么高的树上落下，毫无软绵之气，一路旋转而下，“啪”一声落到地上，花朵也没有损伤。我在家乡没有见过这种树，也许是自己性格不够强势，看这树的性格比人还豪气，便心生向往。

女主角的学校在书中叫“华大”，我一直在想原型是哪所学校，木棉花分布的城市也并不都是我想去的，后来也便没有追究。高中时，学校门口有两棵玉兰树，是学校的镇校之宝，一树芳华盛开时，美得让人心颤。第一年看到它开花，我整个人都愣住了，树上一片叶子也没有，满树白花，每一朵都开得风姿傲然。尽管知道这两棵树与木棉没关系，但每次经过时，总是想起开花时也一片叶子都没有的一树红花。

当时我的高中有一个传说，门口的这两株玉兰，左边的先开，今年省文科状元就在我们学校，右边的先开，就是理科状元，两株同时开，则两个状元都在。学校有两个自习室，一个在图书馆二楼，一个在教学楼的顶楼。中午不回家时，我通常在顶楼的自习室里。从那里望下来，刚好能看到校门口的玉兰、香樟、银杏，一路望进来，再想想远方的木棉，好像就有了继续这一天的勇气。

在那个雨天，想起高三时的自习室，望着眼前略显孱弱的木棉，我突然切实地有了一种已经到了我想要到的远方的感觉。

5

后来我想起来，那本青春小说里的“华大”，应该指的是华南理工大学，是我表姐去的学校。

我当时对着地图画的那个圆，其实终究没有画得太大。高考填志愿时，在北京和广州之间做选择，我在珠海的小姨的一句话让我最终选了广州：离我们近一些，万一有什么事也好照应。

于是我、表姐、表妹，这些外婆家的孩子们，最后都考到了广东的大学。我表姐的专业是小姨夫帮她选的，因为小姨夫认识相关的领导，他觉得让表姐学电力专业方便以后安排工作。可是没想到等我表姐毕业，他认识的领导已经退休了。一个班四十个人里，只有两个是女生的专业，自然会歧视女性。后来，表姐找工作找得十分困难，最后还是回到了家乡小城。

我本科毕业时因为已经保了研，就完全没有考虑过找工作的事，研究生第二年倒是很煎熬，好在我只去了一次校园招聘会就拿到了第一家杂志社的offer，提前半年就去上了班，过了三个月就拿到了正式工资，还没有毕业就租好了学校旁临江的单身公寓，自顾自地就在广州生活了下来。

也许对我来说，从踏出家乡小城的那一刻起，就没有再考虑回家乡生活。所以之后所有的艰难，我都要自我消化。

在广州的几年，我仍然会给家里打很久的电话，一到假期还是迫不及待地回去，但正是因为知道自己不会再回到那样的生活中，不会再回到那样的人际关系中，所以才有余裕怀念，而曾经的远方，也不再是远方。

意识到这一点的节点有很多，特别记得的有两个。

一个是本科保研到了最后一步，母亲顺口问了我一句，需不需要给老师送礼。那一刻，我真切地感受到了我与小城的“关系”在意识上的脱离，不在意地说了句：“不用，我们这里不讲这些。”

这种“关系”的脱离，从地域上的距离，转换成了不一样的生活态度和思维方式。

而我的表姐回到省城，自以为凭一己之力考了公务员，小姨却告诉我，其实家里没少找关系，只是为了表姐的自尊心瞒了她。而小姨的儿子——我十几岁的表弟，有一天突然对小姨评价起我们几个姐妹，说，表姐看上去能干独立，最后一路下来没少靠家里人找关系，而我看上去娇气，从考大学起就自己搞定了所有的事，半点没让家里人操心。

说这话时，我的小表弟已经远在美国，我和他见面时间有限，算不得亲近。但得到了他的这句评价，我却感到非常暖心。要去远方的人，通常都有自己的心事。他未必知道我对远方的执念，有人说我幸运，有人说我冷漠，但落入半大少年的眼中，我是值得令他一提的人，已足够欣慰了。

而这时，远方已不再是远方，故乡才是远方。

夜雪与一座城

1

到深圳工作之后，我过年就不再回家了，父母来我这边过年。家乡的小城，过年时往往在下雨，冬雨的湿寒和泥泞，在习惯了南方温暖的冬天之后，渐渐变得让人难以忍受。

对于过年不回家乡，我没有什么好遗憾的。如果一定要说有，那大概是，我已经很多年没见到下雪了。

小城并不是每一年都下雪的，但在我最后见到小城的那一个冬天，回到已经三年没回去的家，我离家的前一晚下起了雪。那是一月份里的工作日，我记不得自己是怎么跟主编请了假，只是觉得有必要回来一趟的理由。

遇上雪，是晚上回家的时候。从车上下来时，雪片就纷纷扬扬地落下来了，大片大片的。公寓大门处的一盏路灯在夜色下投来一团光，黑色的夜幕下，可以看清雪飘下来的样子，因为仰着头看雪的缘故，竟然美得让我有些眩晕。

夜雪，是很美的。

雪花簌簌地打在脸上，蓬松、干燥、温柔。它一瞬间化掉的时候，我心里一下子就柔软起来，仿佛我回来这一趟就是为了遇见这场雪。

2

我久违的归家，是为了告别，但其实这告别比我想象中要糟糕。

那年的一月，是过年前，正好是写年终总结的时候。我必须承认，那次回家，其实是出于逃避。逃避喘不过气的工作，逃避深圳难得的冷空气，觉得必须要离开。我当时已经感觉到杂志的颓败，觉得自己写的东西没有被认可，后悔没有顺势早一点做公众号，但又不想对这个时代妥协。每天我都觉得自己很累，但是没有回报，也没什么意义。

更糟糕的是，在那样的时刻，我竟然找不到可以倾诉的人。之前为了文章署名的位置，我曾狠狠生过一次气，我的父母却说，就放在最后一页有什么关系呢？我那时觉得悲哀，我视之为尊严，愿意以辞职来威胁争取的事，在他们或大多数人看来无所谓，觉得我应该妥协。我开公众号，我拿原创标，我不容忍别人抄袭，我不想让功利文章打败用心做的杂志，这些也许在不做媒体的人看来都是无所谓的事。他们最多问一句："会影响你的收入吗？"

这样的时刻，我觉得很孤独。

想要逃避的时候，我会回家。这几乎已经成为我上大学之后的习惯。从广州回家的机票全价也才八百八十元，通常可以买到五折票，大学期间，我回去得相当勤。广州天热，一年有十个月的夏天，而小城天凉，一年内超过30℃的日子不超过一个星期。一回到家，我就觉得脑子凉爽下来，觉得自己又恢复了思考的能力。

在故乡的时候甚至有灵感上的加成，我想念学生时期功课那般忙还能抽出时间每天写字看书的日子，想念那段考试无往不利成为老师口中传说的日子。好像一回来，我就能从过往中吸收一些经验和信心，再去过接下来的生活。

然而这种恢复作用越来越小。我每次回来，如果超过两周就一定会和家里人吵架，纠缠于烦杂的人情世故，而这座城市也越来越让我失望。

我这次回来，知道这座城市与我的联系，已经没有多少了。

3

我是打算做一场彻底的告别的。

父母买了新房，装修完，就要从旧的教师公寓搬走了。我想回去再看看旧时痕迹，该带走的带走，该留的温存。等夏天到了，新房子装修完，就再也回不到记忆中的家了。那些我对着窗写下日记的日子，我在单人床上做梦的日子，我十八岁之前的少女时代，将彻底没了痕迹。

我房间的窗前，有一棵梧桐。因为喜欢李清照，我觉得这树有她笔下的情调。天气好的时候，风吹过去，树叶宽大的影子让人愉悦；下雨的时候，雨点打着树叶，也让人心里沉静。因为书桌靠窗，那些写日记时停笔的间隙，锁门偷看小说时抬眼休息的片刻，解数学题时卡壳的时候，都有这棵树的影子。

房间的窗是铝合金的，蓝色玻璃，台灯是黄色的光。晚上，灯一打开，玻璃上就能清晰地映出自己的样子。从十岁到十八岁，我看得最多的不是穿衣镜里自己的样子，而是书桌前这面窗映出的自己的样子。六年级时剪的三七开短发，初中时马尾全梳上去露出的长痘的额头，高考前越长越胖的脸。不管愿不愿意，一抬头，自己的影子就在那里。

窗户面对的是一个院子，正对着公寓门进来的那条路。住在这里的同学、玩伴、好友，一进公寓门就能看到我房间的灯有没有亮，以此来判断我在不在家。读大学后，假期时，他们以此来判断我是不是回来了。并不都是关系亲近的朋友，看到灯亮了也不会上门，只是偶尔在路上遇到，找不到话聊时，随口说一句“我那天看见你房间的灯亮了，知道你回来了”，好像就能免去好久不见的尴尬。后来我在广州和深圳，住的房子都在高层，再也没有这种一抬眼就能知晓房间灯光有没有亮的场景了。

房间的床头也是靠窗的。后来想想，床的摆法按风水来说是摆错了的，床头后面是窗，床脚对着门，很容易睡不安稳。我睡觉时总感觉后面有一丝风，且门一定要关严了才能睡觉，只要门一开就会醒。我每次回想高考前失眠的时刻，总是会想起这张单人床靠着的那面白墙。

好像我全部的东西，都在这个房间里了。收好三四本日记，嘱咐母亲收好书架上整整齐齐的《儿童文学》，青春好像就这样收场了。

4

其实就算不搬走，我家门前的路，也已经到拆毁前的最后一步了。

从教师公寓出去的路上，一边的房子全在拆除。据说要修一个立交桥，划的线刚好划在公寓前，于是只剩下公寓的一半房子，孤零零地存活着。白天出去时，工人们把路拦住，说路边的几栋房子随时就要倒下来，行人只能从旁边的工地废墟上翻出去。这个城市的打车软件也不怎么好用，经常堵车，或者根本打不到出租车。通往公交站的地下道特别深，没有电梯，一步一步走下深黑的地下道时，我真的快哭出来。

这座城好像一直在被拆。从我的小学，初中，高中，现在是我家门前了。我的第一个小学被拆时，我穿过大铁门，看着墙上写的“十年树木，百年树人”和拆了一半的世界地图，内心突然空了一块。我开始明白失去一个地方的失落感。

然后，是我初中的图书馆，一栋红色砖楼。我读书时早早搬进了盖了一半的新楼，眼睁睁地看着我从小去看书的小红楼一点点地被拆掉，满目疮痍，里面的木质地板被毫不留情地暴露在断壁中。

不过，我当时大概并不知道拆毁的意义，只是隐约觉得，新的就是好的，修建之后会有更好的环境，有个明亮、先进、美好的未来在前面等着。所以我虽然觉得可惜，但我的伤怀也只是浅薄的。

真正让我难过的，大概是我消失的高中校园。

我们是那所百年老校的最后一届学生，新的校区在城市的新开发区，面积非常大，光篮球场就有十二个，逛学校要用到电瓶车，学弟学妹们甚至有天文馆。我去新校区的时候进去过，圆顶的天花板上镶着让人惊叹的星座图。

老校区留了几年，每年回家乡我都会去看一下。因为是最后一届，我们高三的教室还保持着原样，高三时我是班长，班主任让我选两条标语贴在墙上，我选了自己当时的座右铭，每次回去时都还看得到我高三时的稚气和决心。红胶跑道中间的足球场，疯长了荒草，每年回去时那草似乎都又长高了一些。最后一次去时，已经有半人多高了。

但哪怕是一个荒芜到长满草的校园，我也觉得是好的，只要它还在那里，就是好的。那时年年回来，年年伤感。百年老校，父辈的记忆，自己最深刻的青春，都曾经在这里被安放。我还没有准备好告别，怎么能说没就没呢?

老校舍在一个半岛上，说是闹中取静，风水绝佳。我知道它不可能留得太久，但多看一年，算是一年，有时我又妄想，也许它就作为一个景点留下来了。可这座城市最终选择了一座虽然流光溢彩但毫无灵魂的广场来代替它，就像它从来没有存在过一样。

我至今，没有敢往那个广场上仔细看一眼。不敢看校门口的那两棵玉兰树还在不在，不敢看那棵银杏还在不在，似乎只要我不看，它就还是我最后看它的模样。

从这里开始，我知道这座城没有一点对历史的尊重，不管是城市的，还是个人的，它只是被盲目地改造着。当我家对面的那座山被炸毁，空气和天空都变灰时，我觉得这座城已经无可救药了。到处都是脏的、堵的、泥泞的，没有小城的温情，更没有大城市的干净便利。我对它的最后一点留恋也被抹杀了。

一座城市与一个人的联系，最终连一点实体都留存不下来。

5

我其实是知道的，我的愤怒，多少是因为今后再也不能用归家作为逃避的借口了。

一个回去也得不到安慰的城市，已经不能再作为逃避的念想。至此，我的人生再也没有逃避的退处。离家的人总把故乡作为归处，就像打游戏的满血复活点，以为回来总会得到治愈。但其实故乡的面目，在你远离它时就已经改变了。不能奢望它作为自己记忆的封存之处，更不能奢望它能治愈你离家多年后，更复杂更难言的伤痛。

意识到这一点时，我的人生才算进入了下一阶段——知道自己逃避已经无用，已经没有后路可退。

还好有那晚的雪，短暂地拉回了我的一点点温情。

我十八岁前都没有见过几次的大雪，那一刻，落下的雪花纷纷扬扬地安抚着我失落又愤怒的心。我跑回家，对着我少时的书柜，房间门上的海报，还有更早远的日记，内心柔软地巡视了最后一遍。

回忆是美的，我知道它是美的就好。

就像如今回想起来，我离开这座城的最后时刻，是在家门口抬起头时，落在脸上的雪片的凉爽干燥的触感，是美得眩晕的光点。而所有被拆毁和将拆毁的一切，都隐在了夜色中，深邃而干净。

清明烟火

1

清明听闻友人回到家乡扫墓，我这才发觉，自己已经有很久没有回去上坟了。

上坟对我而言一直是一个有点激动与期待的仪式。小时候去给外公上坟，从城里开车跑两个多小时的路，到一个小县城的小山上。山不高，但从上面望下去，是漫山金黄的油菜花，美得让人忘记时间。山上的一些坟头长满了蕨菜，但我被大人告诫不能吃，吃了会让人昏昏欲睡。大人们把坐席铺好，拿出鸡蛋糕、桃片糕、萨其马、卤鸡翅、卤鸡爪、卤鸡蛋、橙子、椪柑，还有其余各类水果，祭拜完之后，小孩子就漫山跑，跑完便懒洋洋地坐下来吃东西。

最近清明节网上热炒的青团，我家乡是没有的，有的是较为接近的一种叫清明粑的吃食。将青色的植物汁色揉进糯米里，加入肉馅或黑芝麻馅，做成圆饼一样的形状，但上坟时反而不常吃到。只有一两次在给外公上坟时去当地亲戚家才得以吃到，非常美味。

读大学时，每年四月，我都会想起外公的墓所在的那座山。在山上，有一小块平地，我和表姐曾在上面放过风筝。有一年，我们说话不太投机，于是都塞上耳机。我的耳机里放的是叶蓓的《白衣飘飘的年代》或者水木年华。山上的大风吹过，带着春天的凉意和新鲜，心底就突然辽阔起来。那种感觉在很多年之后我都记得，所谓“清”和“明”，大概就是这样豁然开阔的感觉。

外公在我五岁之前就走了，所以我的怀念比哀伤要多得多，他在我记忆里几乎没有什么深刻的印象，但是从留下来的全家福里，几个小孩中，只我一人坐在他的膝上，我就自以为是地认定他喜欢我，所以自然有亲近之意。从留传下来的关于他的事迹中，我知道他是抗美援朝的志愿军，抽烟很凶，因此早早就得了肺癌。

这大概就是后代的意义吧。你记忆中几乎没有印象的人，却可以留下来这么多鲜活的细节。

我很喜欢烧纸钱的过程，山上漫出的火光，一点一点地蚕食发黄的纸面，这种物质的衰变，像是一种对许愿的回应。外婆和母亲有时会在我烧纸时，站在旁边出声念，让外公保佑我如何如何，而我那时心底默许的愿望，大多是关于考试成绩。现在想起来，自己的世界真窄啊，但又确实有那么多细细碎碎的愿望，在火光里升腾。

很大程度上，那时的自己把那里当成了一个许愿会实现的地方，因为是自己的亲人，所以可信又可靠。

2

长大后回想起来，如果用一个不恰当的类比的话，上坟大概和过年一样，是一种只有小孩子才会期盼的活动。

我爷爷过世时，我已经很大了。从那时开始，上坟就不是一件多么愉快的事了。上坟的时间总是在过农历年的时候，墓在台阶的最高处，山风阴冷，气氛也让人不安。

爷爷过世的时候，家里买了很多很多的纸线，灰烧满了两个大汽油桶，到最后烧不完，大家像分配任务似的，互相盯着谁烧了多少。潮湿的纸钱冒出黑烟，熏得人眼都睁不开，但还是要把自己的那份烧完。

有时，我会觉得这些记忆对不起爷爷。可想一想，我几乎两周去看望一次的爷爷，在我脑海里留下的细节竟然还没有外公多。最清晰的记忆是有一次在奶奶家吃小笼包，我吃完还想要，爷爷很慈祥地多给了我几个。最后小叔看见了，拿这件事反复取笑我，说我贪吃。

爷爷写得一手好字，我父亲和叔伯继承了这一点，所以父亲对我的要求也很严。爷爷教过我最小的堂弟写字，但从来没教过我，只有一次他教我堂弟时，我在旁边听，他说握笔的时候手里要像握了一个鸡蛋。后来我总是在练毛笔字时下意识地尝试这个动作。

爷爷也是一个很厉害的人。我高中时，第一次跟着大人回重庆老家，那也是一次苦不堪言的出行。在那个大家都有着相同姓氏的村子里，半条街仿佛都是爷爷的家。晚上时，可以大剌剌地摆一张竹椅当街一坐，抬头看星星。那大概是我人生中第一次见到那么亮那么密集的星河，非常震撼。回程的路上，我突然有了兴致，打听起来起爷爷的过去。大伯说，当年爷爷是某国民党高官的秘书，高官去台湾时还想带着他一起走。再回忆下去，便是他们小时候因此而受的苦了。因为年代久远，大伯的回忆在不真切中，透露出一种个人命运在历史洪流中复杂又沧桑的美感，而爷爷的命运其实和我也密切相关。

那一刻，我非常遗憾，从前没有了解爷爷更多。这样传奇的人生，如果能得知更多细节，一定是一部精彩的年代小说吧。

3

或许是因为是亲人的原因，无论是外公的墓所在的那座山，还是爷爷的公墓都没有留下恐怖的元素。有的只是关于生与死的最朴实的怅然感。

我读初三时，被误诊心脏病。爷爷所在的公墓，进门处的池塘前有一尊观音。母亲不知从哪里听说观音是管健康的，每次进门时，都带着我虔诚叩拜。我也说不清那时的心情，只是上山和下山时会留意起经过的墓碑，有的人才活了十几二十年，生命就被定格在了这里。石刻的冰冷的数字告诉你，死亡是真实存在的，如此近，如此真实。

中国人的墓碑是很少有墓志铭的，这让呈现给后人的信息非常有限，在这世上待过的年岁，以及可以写上的亲人的信息，就是全部了。一个人的一生，可以就这样概括吗？上坟于我，在那时大概就是最直接的生死观的学习。明明是一个悲伤的日子，为什么要冠以“清明”之名呢？少时我常常为此疑惑。

外公的墓所在的那座山上，其他的墓碑我也是留意过的。因为大多年代久远，显现出非常不同的风格。那座山上，最早有清朝的墓，相比旁的墓构造都要复杂许多。认上面的字，是幼时的我和表姐的游戏之一。外公的墓碑上的字刻得舒展大气，单看书法，都让人赏心悦目。年代越近，碑上的字的水平就越不如从前。

后来，不知出于什么原因，家里人给外公换了新碑。碑石是漂亮了，但那一笔好字却再也寻不得了。那时的我，不一定懂得生死无常，却深深地感受到了什么是人世变迁。

这人世变迁中，也包括我自己，还有我上大学后就再难回去的家乡。不知什么时候，我还能再去那山上看一看呢？每到清明时我总这样想。

虽然我知道，就算我去了，山下的油菜花也不会再开了，有更经济的植物替代了它们。大学之后我也去过一两次，天很冷，下着雨，只有我们一家人。我们拖着黄泥走到山上，迅速地完成仪式。成年后，时间变得非常短，再也找不到童年的乐趣。清明一词于我，从简单的欢欣，终于变成可以诉尽人间百态的哀愁。

4

年岁越大，我越相信选择性记忆的理论。

我的日记中，不止一次描述过关于清明的记忆，某一年的水木年华，某一年的油菜花，某一年的风筝，它们混合在一起，凑成清明的模样。我心里，仍然记得那烟火味的童年，以至于看着清明这个词，心里就生出欢喜来。

万物生长此时，皆清洁而明净，故谓之清明。于万物，于生死，于人生。

这可以给少时的我一个答案了。每到此时，我都希望往后的日子能和这句子一样，清爽、明朗。

苦夏食记

今年的苦夏来得格外早。高温预警一来，整个人感到周身困乏食欲不振时，就知道苦夏到了。

苦夏对我来说，是一个和“水逆”一样迷人的字眼。所有因炎热而起的负面状态，似乎都能轻易地推给它。疲倦，食欲不振，无心工作。然而比水逆好的是，苦夏有解。苦夏时吃着凉皮、豌豆凉粉、凉面、冰粉、芋圆、水果冰、山水豆腐花、冰酒酿、西瓜、冻樱桃、冻葡萄，反而觉得苦夏也变得可爱起来了。

1

记忆中当然不是没有过辛苦的夏天。人生中最漫长的苦夏，大概是在广州读大学时的前几年，我第一次经历长达八个月的夏天。刚建好的大学城没有几棵长成的树，宿舍也没有空调，我晚上把风扇开到最大，放在脚底吹，但还是热。热到极致的晚上，有室友干脆卷着席子到楼顶睡。那一年的夏天，刚好有狮子座流星雨。

中午下课时分比夜晚还难熬，顶着烈日奔向食堂的路上，想着那些毫无胃口的菜，心里犯腻。然而必须吃，因为下午还有课。

炎热的夏天，为午饭吃什么而苦恼，是一种在时间和空间里无从选择的无奈。

那时学校外的商业城还未建成，只有一个紧挨学校的贝岗村，食堂的选择也不多，湖畔食堂和三楼的教师食堂还没开张。大学城到市区的地铁没建好，去市区要坐一个半小时的公交车，是真正的荒岛。从教学楼走回宿舍，周边的树还没有人高，太阳光直射到地面，从头到脚都是烫的。

这样的状况，也还是能找出一点能下肚的东西，食堂里两块钱一碗的绿豆沙，食堂门口六块钱一碗的水果杯，还有小卖部水果摊上对半切的西瓜。现在想起那时夏天吃的西瓜，并不十分美味，只有一遍遍跑洗手间的记忆。

苦夏最难熬的，不仅是炎热和漫长，还有在吃上的无从选择。

2

相反的是，童年的苦夏解起来的方式都太快乐了，比如下水，穿裙，吃冰，晚风，散步，乘凉。特别炎热的晚上，大人会破例让小孩也喝一杯啤酒解暑。许多大人不让小孩吃冰，在这时都解禁了。

母亲会把樱桃冻在冰箱里，用奶黄色的小搪瓷杯装着，让我在上学路上吃。走几步，吃一颗。冻过的樱桃肉，有一种果冻的口感，清甜可口，有嚼劲。那是一种夏天在舌尖逗留的悸动感。

家乡小城以夏天凉爽著称，算足了七八月两个月的夏天，真正热的时候也不超过十来天，但消夏的吃食却有很多。消夏时，最难找的大概是主食，中午吃不下饭时，主食就吃凉面。在学校外面的小推车那里买上一碗，加油辣椒、酸萝卜丁、花生米，就是饱腹生香的一顿。还有豌豆粉、卷粉、米豆腐、丝娃娃，都是炎热夏天里可以填饱肚子，又开胃的吃食。

我平常不怎么喜欢米豆腐，长方形的块状，做不好的话，很容易不入味。但在小城边上的青岩古镇，绿色的米豆腐是搭着猪脚卖的，比黄色的要更有卖相，我每次遇到绿色的米豆腐都忍不住要买一碗。真遇上一碗辣椒油调得入味的，也会真心感叹是美味。

长大后，我发现西北菜馆和西南菜馆都能找到豌豆粉，这种食物比凉面、米豆腐都容易做得好吃，晶莹剔透的一小碗，可以当成开胃菜。小时候学英语，老师讲了个笑话，说有外国人经过卖豌豆粉的小摊，不知道是什么，但“豌豆粉”的发音听着像在英文“极好的”，就去买来吃，一试果然很好吃。

解暑的甜汤冰水就更多了，说是解暑，其实更重要的功能是解辣。吃烤肉、卤煮、烤鱼、豆腐圆子时一定要来一碗冰粉，果冻状的一碗，上面铺着红糖水、玫瑰酱、芝麻。红糖水好不好喝特别重要，喝一口就知道味道正不正。不会苦，不会过于甜腻，和冰粉混搭得刚刚好，清清透透的甜，解辣，解渴，还能抵得一点饱。

冰粉、冰浆、冰粥……虽然不能从字面上揣测食物的具体样貌，但带“冰”字的吃食总是让人愉快。冰粉是像果冻的糖水；冰浆是由水果、冰和糯米混在一起打的黏稠的液体；冰粥的上面铺满水果，下面是一层绿豆沙和奶茶里的珍珠。夏天，在正餐没着落的时候，这些也能填填肚子。

这样数起来，夏天真的太好过了，有时还来不及把想吃的每一样都吃过一遍，夏天就已经结束了。

3

去年，我回家乡小城，顺便坐了几个小时火车去旁边的小镇玩，在糖水店里，冰粉、豆花和酒酿是放在一起卖的。我点得最多的是豆花，因为豆花凉热都可以做，可以安抚年纪增长之后惧怕吃冰的胃。

让我印象最深刻的豆腐花，是在广东的罗浮山上。一行人跟着宗教学的老师在深山道观里住了两天一夜，爬山时气喘闷热，刚好买一碗冰镇的山水豆腐花，每一口都吃得相当珍惜。

那些在夏天里能抵挡苦夏的，除了食物本身，大概还有关于食物的记忆，光是想一想，就能把胃口吊上一吊。在还没去吃时，脑子里就过了一遍当时那一出消暑的情景。

最近一个认真思考苦夏吃什么的夏天，是我到深圳之后。那时我刚刚开始负责美食栏目，美食栏目不像旁人眼里那般轻松有趣，但也是难得能跑外勤的机会。

有一次，我选择去拍台湾的一家芋圆店，我觉得芋圆是夏日里可以轻松入口的食物。

拍制作过程时，店家把几个大大的方型四格铁盒子拿出来，切水果，舀芋圆，铺红豆，碎冰沙，阵仗十足。最好看的过程是碎冰沙，打冰沙也要根据细腻程度安排机器，最细的那一种冰沙是意大利进口的机器打出来的，只有一种仙草冰用了这种细冰沙。细冰沙化得快，因为拍摄近景和全景都要维持冰沙的最佳状态，于是店家主动打了好几碗。拍摄完毕，负责人和我们一起吃，再加上不同的冷饮，一群人卖力吃到最后也没吃完。那种食之不尽的放纵的凉，在我的心头弥漫了好久。

后来，我私下又去吃了很多次芋圆，记着店员说的话，专门点了细冰沙。花两块钱可以多加一份芋圆，还可以替换成抹茶味。碎西瓜，切芒果……整个制作过程加上不用上班的下午，和吃了冰就回家的愉悦，全部转化成了对食物的渴望。

4

如今我不用再写美食栏目了，脑子里能过苦夏的食物却蹭蹭地冒出来，大概是因为现在有了选择的余裕。

我手机里没有凉面的照片，想找朋友要，母亲直接说她会做。“我做凉面很讲究，要用大西门有名的阳三妹家的荞麦面做，买来在蒸锅上蒸，在开水里稍煮一下，然后用自己炸的花椒油把面弄散，放凉，加上调料。”这是她退休之后空闲了才学会的，我在家时没有吃过。

如今，任何吃食都能在网上搜到食谱，仿佛都不难做。冰粉有现成的粉，凉面有现成的面，连调料包都配好，限制人的，只有想象力和时间。

这么多消夏的选择里，若问到我的心头好，大概是酒酿。酒酿在我的家乡被称为“甜酒”，名字非常美妙。对不喝酒的人来说，这是想象中最好的酒的滋味。不加热，不煮蛋，单喝凉的就有最好的口感。去小镇时，专门冰镇着喝的甜酒是散得刚刚好的，不稠不稀。我之所以喜欢，大概还是因为它带了点酒意，让喝一杯啤酒都会晕的人，能体会一些酒味。

更无法拒绝的是酒酿制的甜汤。有一年，陪家属回他的老家，见到了一种赤豆酒酿，一个大玻璃杯上半部分是冰酒酿，下半部分是热的红豆沙，混在一起是冬天也能吃的食物，能让人感到甜的凉爽，还不用担心冰的太刺激。这样妙的食物，好像也没有走出那座小城，连本省的人都不是全听说过。

我去过的很多小镇都卖米酒，喝到冰酒酿的那个小镇也是，有朋友为了那里的米酒，一连去了三次小镇，每次都住上一周，喝了酒晃晃悠悠地走回客栈，对着湖水吹夜风。

我喝过的最好喝的米酒，来自单位楼下的西北菜馆。听一个要好的同事说，她加班到深夜的晚上，太晚了吃不下饭，就去点了二两牛肉，一小瓶米酒，就着酒吃完肉，回家晕乎乎地刚好睡觉，听上去有种武侠小说里浪漫的江湖气。出于好奇，我去试了这家店的米酒，一点酒味都没有，甜得就像酒酿水，但更浓郁。上头也很快，让我晕乎了一个下午。

我一直很喜欢酒酿，大概就是喜欢这种擦边的酒意，摒除了烈酒的副作用，却还能留着酒一字，撩起人的想象来。

5

有解的苦夏，似乎也和甜酒一样，摒除了炎夏的苦，只余抵抗时的快乐。

其实，苦夏的迷人与可爱，冯骥才早就写过：人生的一切收获都压在这沉甸甸的苦字的下边。然而一半的苦字下边又是一无所有。唯有苦夏，在对抗之际给人甜头，让人对苦字之后的解，倍感期待。在懂得人生付出不一定有回报的道理后，苦夏有解，几乎可以算是生活给予的安慰了。

当冬夜渐暖

1

2016年冬天，我去北京治失眠，住在我大学同学小凡的家里。

北京的冬天，屋里的暖气已经开了，我穿着薄薄的长袖睡衣，身上依然被干燥的热气蒸出一层薄汗。卧室的窗外是掉得一片叶子都不剩的树木枝杈，对面是一个学校的篮球场，映着路灯的雪白光亮，让人回想起高中读书时度过的寒冷冬天。屋内的暖和屋外的寒冷对比起来，让人非常有安全感。

来之前，小凡专门让清洁阿姨收拾过屋子，干净的床上放着两套不同颜色的被子，裹成睡袋的样子，钻进去就能安眠。那天她刚去了一个时尚杂志年度晚宴，一晚见了许多明星。我们也是隔了好久未见，聊起来刹不住车。到了该睡觉的时候，她说了一句“我们还是睡吧”，大概一分钟后，我就听到了她沉睡时的均匀呼吸。那样快，那样沉，让入睡困难的我生出一种羡慕：原来真的有人能秒睡啊。还没睡着的我，莫名就有种孤独感。

知道我入睡困难，她为我做的准备已经够充分，门外开着无印良品的香薰，准备好了面膜和睡前喝的热水，枕头边也放了一片蒸气眼罩。于是在北京冬天的暖气里，我看着窗外的灯光和枝杈，缓慢地进入了一段安静而沉的睡眠。

第二天起来，我说起她秒睡的样子，她说，基本每天都是这样的。我在记忆里一搜寻，从初中起我大概就没有这样的睡眠了。困难的入睡和不好的睡眠质量对我而言是常态，这么一对比，顿时觉得自己有些可怜。

2

失眠听上去是个很文艺的病，细数起来，我身上大多的病都源于此。每次身体出了什么毛病，我去看医生，医嘱一定有一条是：充分睡眠和休息，不要熬夜，早点睡。这样的话听在耳里，总是无奈，越平常的事，做起来越难实现。

小时候读老舍，他有篇小说里写：每个人入睡时都有一个睡前的地方。文章里的“我”睡前的地方，是一块三角花园，文章描写了里面种了什么样的花，花如何开，风如何吹。我当时就想，我也有这样睡前的地方吧。但它不安稳，总在变化。

睡不着的记忆是新鲜深刻的。初中时，考试前要是复习不完，睡觉时我就把书放在枕头底下，一边回想一边睡，有记不起来的，便抽出书，开灯看一眼，补足记忆上的空白，才能安心地睡去。那时的床是靠墙的，床头靠着书桌，入睡都像是带着任务。那时的老师也会要求学生睡前要背几个单词，把学生的时间满打满算到了极致，连睡觉都不能轻松。

我高中时第一个学期是在分校住校，那段时间的记忆全是睡眠不足带来的倦意。

第一次集体生活，八人间，十点熄灯，夜聊能聊进凌晨。当时聊同学八卦，按学号顺序开始聊，所以至今学号排在前面的几个男生我都还记得。八个人的夜聊，非常和谐，没有约好停止的时间，通常是一个个睡去不再有回音，便知道今夜结束了。这时候，先睡的人是让人羡慕的，留在最后的那个，问一声话没有人回复时，心里不免有些寂寥。那时的每个夜晚，我的心愿就是不要最后一个入睡。

说起来有些讽刺，我的失眠和入睡困难症只限于夜晚。白天，我完全没有入睡障碍，特别是上课的时候，非常容易睡着。

高中在分校的半年，我对上课的内容几乎没有印象。物理课，看着定滑轮和斜面上的小方块，各种方向的磨擦力小箭头，我便睡着了。为了解决上课老是睡觉的问题，我总是泡一杯浓茶带进教室，在等它凉到可以喝的时候顺便抱在手里暖手。结果在冬天的教室里，我手里捧着热茶，太暖太舒服，等反应过来时，又睡了一觉了。

还好，上课睡觉的人不止我一个。记得有一次物理摸底考，第一名九十八分，我考了六十二分，还是全班第五。我以这样颠倒的状态过了一学期，白天是真的困，夜里也真的是睡不着。

3

读书时的失眠，我总觉得像假性近视一样，是一种假性失眠，不然怎么解释白天那汹涌的睡意？到了大学，才有老师认真把失眠当成一件严重的事教育我们：半夜不要想事情。

那个老师是教国际法的老师，平时非常古板。本科的毕业论文选了他当导师，一度是我大学最为后悔的事情之一。他那黑框眼镜后流露出对他不欣赏的学生的冷漠和暗讽，仿佛他一开始就认定了学生无论怎样做都达不到他的要求。如果选其他导师，我大四写毕业论文的那段时间应该会好过许多。

这样的一个老师，讲失眠的那段话我却记住了。他说："你们半夜想未来，想前程，再焦急，大晚上又能做什么呢？晚上睡不好，下再大的决心，白天起来没精神，又什么都做不了。还不如晚上踏踏实实睡，白天踏踏实实做事有用。"

能无来由地说出这样一番话，大概也是在年轻时失眠过的人吧。不然怎么会那么清楚，读书时会在夜晚一片空寂中，突然对未来产生担忧？那种一天过去什么都没做的失败感，是高考都不能比的。大学时对前途的不确定，像被黑洞吸附失重一样，让人入睡不得。

我一直没有弄清我是失眠带来的后遗症，还是因为想事情所以睡不着。和失眠一样，对未来的忧虑在白天经阳光一照便消失了，该看电影看电影，该上课上课，在社团活动浪费的时间，还是没有节省出来。

这样说出来毫无意义的夜间忧虑，我一直不知该如何向人诉说，直到听到了韩国女演员崔真实自杀的消息。

崔真实是我非常喜欢的演员，她演的《星梦奇缘》是我看的第一部韩剧。那份少女心随着时间的流逝，在心中的分量越酿越沉。在此之前，我没有经历过喜欢的明星突然逝世的事情。之前听闻明星自杀，有惋惜，有感慨，但不曾有这样内心突然被击空的恍惚与伤心。

2008年，她出演了电视剧《我人生最后的绯闻》。我虽然对剧情不感兴趣，但我看到上涨的收视率，心里还是很为她开心的。我怎么也想不通，她为什么会突然了解自己的生命。

网上有很多这个事件的报道，无论是推测还是有理有据的分析，我几乎每一条都点进去看了。那些分析中，有一条我记得特别清楚：凌晨三点是人最脆弱的时候，所以人自杀通常都是在这个时段。那时如果有人能拉她一把，到天光大亮时，这种想要结束一切的负面情绪或许就能减少，她就能度过这一次难关。

4

凌晨三点是人最脆弱的时候。我一直记得这个结论，之后就算熬夜，也会注意不要超过凌晨三点。

恐怖电影的故事背景总是发生在是深夜，大概是因为人类对深夜的恐惧来得毫无预兆。到大学，晚睡已是常态，我对夜晚的恐惧便渐渐消散了，但“凌晨三点最脆弱”的说法说不定是真的。

大三的时候，我们宿舍有女生从三楼跳下去，盆骨骨折了。因为同在三楼，睡得浅的人都听到了草地上的一声重响，第二天知道是怎么回事后，回想起来才觉得后怕。

那段时间，白天站在阳台上往下望都觉得瘆得慌。三楼其实并不低了，就算下面是草地，怎么有勇气跳得下去？是意外还是故意，我们最后都闭口不谈。去医院看望那个女生，我们也像没发生过这事一样，正常地慰问伤情。

真的去深究，不一定有什么大不了的理由，但人在脆弱的时候，在自以为被逼到角落的时候，那一刻的绝望，是无比真实的。这大概是青春的残酷之处，不是一句“看开点”就可以开解的。

所以，早睡与安睡，不仅是身体上的需要，也是精神健康的需要。按时睡觉，可以避免夜晚胡思乱想，在睡眠中度过夜晚最危险的时刻。明白这一点后，我对夜晚安睡的渴望有增无减。

我本科毕业那年，刚好赶上了2009年亚洲金融危机。我因为保研避过了那年整个年级找工作的颓丧氛围，但那种对未来的惶恐却始终挥之不去。研究生毕业，找到工作时，我以为这种惶恐会停止，一两年后我便发现，对人生和未来的焦虑，在每个阶段会有变化，但最终都会体现在睡眠质量上。

我是一个很容易感到焦虑的人，不管看什么科室，看什么病，医生到最后都会说一句：你太焦虑了。而问了我的职业后，医生便会出现恍然大悟的表情。我的安稳维持得非常短暂，通常只有杂志出完刊后的那一周或半个月，那种暂时的充实和平衡，一晃眼就不见了。

焦虑和失眠是共生的，在刚工作的那几年，我熬夜有时是必须，有时是心情不好的发泄。在广州独居的三年，是我熬夜最凶的时候。那时早上九点半才上班，工作的地方离家只有十五分钟的车程，就算耗到一点睡，都还能保证八小时的睡眠。但一本电子书，一晚上就能看完，一部日剧，一晚上就能看一半。有时我看得太入迷，不小心到了凌晨五点，看窗外晨曦的光透进来了，才像做错事被发现一样补个觉，第二天走路都仿佛身在云端。

那时年轻，我任由自己消耗着身体资本。将失眠当成一个文艺病，虽然难受，但不以为然。我不是没有在意过，但越在意失眠就越焦虑，我索性放飞自己。其实晚上不肯睡和早上不想起，都是逃避现实的表现。

每个主动失眠的夜里，都暗藏着一个经不起期待的明天。

5

到我熬不动夜的时候，却经历了真正意义上的失眠。和真正的失眠相比，那些年少时入睡困难的晚上，看上去都像是为赋新词强说愁。

真正的失眠，是身体的病痛带来的。当时我得了一种怪病，白天什么事都没有，但半夜两点准时发作，从嗓子疼开始，耳朵也疼，咽口水时刺痛，这痛又刺激唾液不停地分泌，然后刺痛感渐渐变成类似呛水时鼻腔的不适。鼻塞，流鼻涕，流眼泪，如此循环两三个小时，我只能干坐着，到天快亮时才能勉强睡觉。

作为一个资深入睡困难的患者，我到这时才真正感受到失眠的可怕。每天晚上睡觉，变成了战战兢兢的挑战。我每次起夜时看手机，看到时间显示两点，三点，四点，一边希望天快点亮，一边又对流逝的时间感到浪费。

这样的夜晚过得特别快，每分每秒都难熬。

熟睡是一道屏障，把你隔绝在另一个世界里。亲人的关切对你来说于事无补，只会徒增烦恼。哪怕知道世界上有千万人和你一样清醒着，睡不着的痛苦和焦急，也只有你一个人能面对。

只有你自己才能寻找到，在这时能安慰你入眠的是什么。是一杯热水，是一碗刚煮开的药汤，是一包枕边的纸巾，是什么声音，还是一首什么歌。

每个夜晚都是一场实验，你忐忑又带着希望地睡下去，第二天醒来，记录下好一点或坏一点的时刻。

在北京的冬夜里，我非常难得地睡了几个安稳觉。医生的医嘱简单又犀利："不早起如何谈早睡？你早上六点起，晚上你看你十点能不能睡着。"我问："中午能睡午觉吗？"她又好气又好笑地白了我一眼。

那段时间调作息，我中午不睡，到下午整个人非常萎靡，拖着这疲惫迎来夜晚，还真的睡了几个好觉。

如以往的经验一样，这与失眠斗争的胜利并不长久。人们争不过的，是习惯，是每个不肯睡去的夜晚里自己找的理由。但在北京的那几个可以安睡的晚上，却让我对安眠有了期待。

那样暖暖的冬日夜晚，看着窗口的树枝，路灯的白光和对面的学校篮球场，北风一吹，好像就要飘起雪来。

我想，这会成为老舍说的，我那个入睡前的地方。

如果每天都能怦然心动

1

活了二十多年，我才买了人生中第一本关于收纳整理的书：《怦然心动的人生整理魔法》。我曾经以为我这辈子都不会看这种书的。

整理，在我眼中一直是一件没有什么必要的小事，我甚至还有一些以乱为荣。

高中住校时，教室里一眼望去，堆得最高最乱的几个桌子，恰好都是考试成绩前几名的。同样是学霸的好友对此下结论：某某研究说了，桌面越乱的人，智商越高。家里，我的房间都是母亲收拾的。东西找不到时，我会有点恼怒，对母亲抱怨："不要收我的东西啦，你一收我就找不到了。"母亲后来便不再碰我的书桌。

现在想起来，我那时对家庭主妇职责范围内的收拾打扫，多少带了些轻视，觉得这些远没有桌案上要解的方程式和电路图重要，并且从心底带着一些优越感。

非要做的话，我也不是做不好——大概和我一样的人都有这样的错觉。

大学时，我被邋遢的室友折磨过，也被有洁癖的室友折磨过。比起和她们解释我这种“乱而不脏”的格调，还是直接整理打扫更省事。但那种整理是心血来潮的，被强迫的，作为“小事”，始终上不了我心里的那块台面。

我那时还无法想象，会有人因为“特别会整理”入选《时代周刊》全球最具影响力的一百人——对，就是我手上这本书的作者近藤麻理惠。2015年，入选这个榜单的日本人，只有她和村上春树。

这位1984年出生的姑娘，从上幼儿园大班起就开始阅读主妇杂志，她热爱打扫、整理、烹饪与缝纫等家务事，从小的梦想就是做家庭主妇，然而长大之后她并没有带着这个梦想早早地结婚生子，而是因为找出了一种“任何人都可以做到的，只要整理一次就不会再变乱”的方法，而成为了整理大师。

这听上去很有日剧式的励志。在日剧中，工作和梦想始终是最重要的内核。而且和我们不同，那种梦想往往非常琐碎、细小、实际，主人公愿意为之奋斗的工作，也不是看起来多么伟大的事业。就算再普通的事，他们也总能找到坚持下去的意义。

这和我们接受的教育是完全不同的。我们年少的梦想通常是比较大的，在现实蹉跎之后一点一点地缩小，我们也一点一点地妥协，最后才会接受平凡生活的意义。成年之后，问别人梦想好像是一件很不礼貌的事。对大多数人来说，那属于未完成的遗憾，代表了太多未竟的心愿和失败。

近藤麻理惠的梦想琐碎、细小、实际，但从结果来看，却有着改变时代格局的意义。

推荐这本书给我的作家逯薇说，三十年前，日本是完全没有收纳这个概念的。当时，日本大概是世界上人口与空间矛盾最尖锐的国家。她的偶像不是近藤麻理惠，而是近藤典子，前者和山下英子代表着日本整理的一个流派，而近藤典子老师则是另一个流派。但不论流派如何，这些人都非常了不起，用三十年的时间，将收纳变成了一门学问。

无论是我们熟知的“断舍离”，还是夏帆演的日剧《我的家里空无一物》，都是收纳理念的一种体现。它从家庭主妇的“小事”脱离，成为时尚而必要的一种生活方式。

近藤麻理惠在把自己80%的人生都用来做“整理”这件事时，大概最开始并没有想到会有这么深刻的意义，更多的，也许是为了把自己每一天的人生都过得愉悦。

近藤麻理惠最吸引我的，是她提出的关于丢弃的法则：是否让你“心动”，是唯一的取舍标准，无论是物品、男朋友，还是工作。

取舍，其实是一件年纪越大越复杂的工作。年轻的时候，我们是不需要取舍的。对世界充满好奇，每一点回忆都珍贵无比。

年少的时候我对旧物有着非常深的执念：一期都不肯丢的杂志，毕业也不肯送给后辈的校服，用过的笔记本……所有能让我记住过往的事物我都不肯丢弃。后来我知道，这是同龄人的通病。一个看上去大大咧咧的男生告诉我，高中时我们班喜欢上课传纸条聊天，他把和所有人聊天的纸条全都留下来了，直到他出国留学，那些纸条都还一直放在他家里的抽屉里。

2

年轻的时候，是不会觉得回忆重的，想背着自己所有的过往往前走。

如果一定要找什么理由的话，那大概是，告别太让人伤感了。

我是一个很讨厌告别的人，或者更准确地说，生命中有太多的不告而别。突然关门的文具店，不再生产的圆珠笔，没有告别就离开的朋友们……很多东西，很多事，因为不再能得到或遇到，所以愈发留恋过去。说起来，我高考时那支断了笔帽的铅笔我都还留着，就算买了同款新笔，依然舍不得扔。

刚上大学时，每个学期我都会把所有的日记本从家里搬来，放假时再搬回去。这些日记本占了小半个箱子，虽然已不怎么打开它们了，日记也不经常写了，但我觉得那些是片刻都不能离身的东西，是我小半生的回忆。

太重了。终有一天，我这样觉得了。后来便带得越来越少，如果你问我之前的日记放在了哪里，我都要回去翻箱倒柜才能找得出来。

和不告而别一样，人的丢弃往往是不自觉的，自以为在拼命挽留，然而不知什么时候便丢掉了。

于是，真正给人负担的，是对着一堆你也许早就不需要的东西习惯性拼命挽留的姿态。在选择和眼前之物永远告别时，人很难不泛起伤感的情绪。

当你面对眼前的物品时，还会怦然心动吗？

怦然心动。

这个听上去特别美好，发生概率特别小的词，被用在了这样告别的场景里。

有人说，收纳处理的其实是一种“物我关系”，但我更觉得，在这样的条件下你审视的，是现在的你和过去的你。

十四岁时让你心动的杂志，现在还让你心起涟漪吗？

是，留下。

大学时的通信录，号码虽然已经换了，但还能让你记得有哪些人也曾热络过，留下吗？

不用了，扔掉。

在这样的标准下，一切取舍看上去突然都清晰至极。

怦然心动法则最重要的，其实并不是让我学会了如何丢弃自己不要的东西，而是能够把拼命挽留的姿态，用在有限而必要的事物上。

人能背负的东西是有限的，背负得太多了，你就会在不知不觉间面对不告而别。

3

人真正必需的东西是很少的，这点我早就知道。

有一次寒假回家，我下飞机后，没有等到自己托运的行李。去询问处等待时，爸妈问，箱子里都有些什么东西，价值几何，有没有必要的东西。

我仔细想了一遍，证件钱包都在背包里，箱子里林林总总的是衣物和书籍，并没有丢掉就活不下去的东西。丢掉的东西给我造成的影响，连困扰都谈不上，只能说是不便。父母这样判断着。

我心情依然失落，但整个人突然就放松下来，丢了也没什么大不了的。在那一刻，我甚至在心底有了一丝说不上来的解脱感。

属于我的，真正不能丢弃的东西，其实比我们自以为的要少很多。

这点在后来几天内得到了验证。

机场查到那班飞机是经停站，行李被运到成都去了。那几天刚好凝冻，我回到家后，去机场的路就封了，于是我一直等到解冻才拿回箱子。在没有箱子的那几天，我在家过得和平常没有太大区别，等箱子回来之后，失而复得的庆幸，其实没有想象中的多。

但这种舍弃，是被迫的，是一种面临不顺之后也可以接受的释怀。这次事件之后我唯一保留下来的，大概只有绝不把重要物品托运的习惯。

我那时，没有仔细去分析那一丝解脱代表着什么。

之后在很长一段时间里，我也不太需要去思考关于舍弃的问题。从宿舍到租房，从租房到新家，物理空间一直在增加，只要我愿意，我可以把我所有的物品都原样带走。直到两三年后，家里的鞋柜、衣柜、储藏柜，终于还是装满了。

物欲是会逐渐膨胀起来的，在你不经意的时候。

我采访过一个设计师，是无印良品创始人之一田中一光的学生。他开了一家叫“半舍”的杂货铺。他给我解释“舍”的意义：人只要取自己所需的东西就够了，这样才能和物品保持一种长久的关系。这和无印良品的“合适就好”的理念一脉相承。

长久。我被这个词吸引了。这么多年来，我的执念，其实也就是为了这两个字。

于是，那次采访我特别上心，第一次感受到压制物欲的必要性。采访结束之后，我大概有一个月没有买新衣物。但这并不是结局，一个月后，我感觉到压制的物欲突然反弹起来，从那天开始，连续两周，我每天都在下单，每个晚上都有一两个小时的时间花在淘宝上。

这种反弹比我平常的时候还要厉害，我在这种不可控制的情绪中反复问自己：你如何确定什么是自己所必需的？又如何界定什么是适合自己的？

一切仅凭自己的心意而已，而自己的心意是如此不可控。

如果没有切实感受到舍弃对自己的好处，舍得其实不过是一场关于禁欲的修行。这和你是否明白这一点是无关的。

4

我采访时，逯薇说，真正做到断舍离的人，其实不存在收纳的问题。但其实，这是很难的事情。所以她更愿意从起点解决问题，而不是等问题到了末端了，才说，来，我们把人生观改变一下吧。

我很以为然。不然也不会有那么多人，懂得再多的道理，也过不好这一生。

如果不是为了采访逯薇，我也不会去碰我向来不敢兴趣的收纳书。如果不是试着把家里收拾了一次，我大概也听不进这些关于整理的道理。如果不是近藤典子的理论如此具有实操性，逯薇大概也不会提到。

关于舍弃，也是需要契机的。

在扔东西的过程中，有种很奇怪的感觉，像是在对以前的人生进行梳理。你会享受整理所带来的一种决断感，过去的一切，如何在你身上发生了作用，这些事物，在你人生中有过怎么样的停留。有了这样的判断，你会对真正必需的东西，有一个更理性的判断。

在对逯薇的采访中，她说过的最让我有同感的一句话是：我人生中所有重要的选择，其实都是通过舍弃做出的。在这个层面上，少就是多。

“十几年来我喜欢住宅，就一直做住宅（方面的事）。比如说我想做住宅设计师，我就把这件事打磨到对它有很充分的发言权。一定是放弃了很多东西你才能得到你想要的东西。”这个高二就决定要去学建筑，最终从同济大学建筑系毕业，成为国家一级建筑师的女子，从来没有做过住宅以外的任何项目，没有做过商业地产或更复杂的学校和体育馆。

听到这里，我突然觉得，这不是人生观的被迫改变，而是一个迟早都要做到的事，不管你是自愿或是被强迫。

而这舍弃的决心，对你有用，对你有益。

明白这一点，比强迫自己去做那场不知何时才能达成的禁欲的修行，要有用得多。

这或许是不管什么流派的收纳专家，看上去都特别喜欢丢弃的原因，不管他们奉行的是不是极简主义。

当看到夏帆在《我的家里空无一物》中的极端案例，也许大多数人在心里感到了敬而远之，甚至会觉得这样的生活有什么意义。我一度也是这样认为的。

但豆瓣上这本《怦然心动的人生整理魔法》的一篇书评中的一段话却让我把所有都串联起来了：

我想起《坂上之云》里好古教育真之的话了：“你觉得为什么家里只有一个碗？并不是因为没钱。男人一生只要做成一件大事就行了。为此，故意要把身边的事物变得单纯明快。”

这书传达着一个信息：既往不恋，当下不杂，未来不乱。

我也许不羡慕这样的房间，但我会羡慕这样的人生。只要能达成“既往不恋，当下不杂，未来不乱”的人，大概不管做的是怎样细小的事，都能完成自己人生中会做成的那一件大事。

其实我们并不可悲，只是我们都过了二十一岁

1

2017年，《老友记》播出二十三周年的时候，网上有活动收集《老友记》中大家最爱的桥段。对我来说，最难忘的一个情节应该是在第六季的时候，钱德勒二十九岁，男子三人组花钱让一个人带着他们去做一晚的大冒险寻刺激，这是他们在更年轻的时候做过的事，那个人有无数奇思妙想，永远不知道他下面要带他们去哪里。在他们的印象中这是让人期待的闪闪发光的冒险之夜。

然而冒险的一夜归来，三人瘫在楼下咖啡厅的沙发上，脸上难掩失望和疲惫，这印象中的冒险一夜不再如他们期待中那样有趣了。一群好友如往常一般围坐在沙发上寻找原因，钱德勒从悲观沮丧中突然顿悟：“其实我们并不可悲，只是我们都过了二十一岁。我都已经二十九岁了。只想舒服地坐着看电视，时间到了就上床睡觉。”

旁边的乔伊接着说："我喜欢去安静一点的地方，才能和朋友好好聊天啊。"

看到这里，我在电视机前一边点头，一边唏嘘不已。原来不管隔了多久，就算跨了国家和文化，关于二十九岁的感觉都是一样的啊。那样日常的感受，像被枪击中心口一般让人感同身受。几乎立刻，我能感受到和沙发上的三人一样的怅然和释然。

2

我很晚才看《老友记》，大学时看到第四季，之后每次看时都因为低清画质而无法忍受。后来再看时，我在视频网站充了会员，终于把高清版从第一季开始看了一遍。

从第一季到第六季，我也就看了一个多星期，看到钱德勒说自己二十九岁时突然有些恍惚：我可是从莫妮卡二十三岁时开始看的啊。

这里的一季，便是真实的一年。演员年纪的增长，体态的发福，发型的变化，都是在自己面前眼睁睁看着发生的，然而，我还是不免觉得时间过得太快了，所谓逝水年华，无论在他们身上，还是在我们身上，都是如此。

身体中好像真的有某个开关，某个年纪之后，不再能熬夜，身体代谢突然变慢，习惯也开始慢慢改变，若是从习惯和偏好来看，整个人仿佛变了一遭。

比如，我大学时觉得瑞秋好看，如今却深深被莫妮卡的命运牵动——这大概也是年纪增长的一个迹象。六个角色里，只有莫妮卡代表着“认真你就输了”。

瑞秋有一头发质良好的金发和穿什么都好看的匀称身材，她的好看无法用胸大和腰细这种细节来衡量，她的美是一种风情。而莫妮卡的美则要多用点力去看，她的脸是美的，身上是瘦的，胸也比瑞秋大，但不知为什么，穿衣服总是没有瑞秋好看，大多时候都平平无奇，而瑞秋穿的衣服直到今天看都仍然让人“种草”。

莫妮卡的美要在乔伊的经纪人老太太那才让人有个客观的认证：阅人无数的经纪人在看到莫妮卡和瑞秋时说，给她莫妮卡的脸和瑞秋的身材，她就能造出一个绝世尤物。

这样两个类型的女孩，好像总在成长中出现。莫妮卡珍惜的东西，瑞秋总是轻易能得到。明明都是美女，但瑞秋好像更符合大家认可的美女形象。

我印象最深的某一集里，莫妮卡去追星，结果反而是瑞秋和莫妮卡喜欢的那位明星去约会了。好像不管对方是什么人，瑞秋都能用自己的魅力换得一个平等对话的场景。而莫妮卡总是太认真，反而呈现出路人感。

3

莫妮卡越认真越得不到回报，随着年纪增长，愈发显著。

大家不喜欢莫妮卡的洁癖，不喜欢她对每件事的控制欲，当她辛苦做了那么多事，最后却被大家说：你只是为了让大家喜欢你，享受女主人的感觉吧。

第七季发生过一件小事：为了认识邻居，她在门上放了爱心糖果，却因为这免费的糖果太好吃，而被邻居在半夜三更敲响她的门要糖果，当她说只有每周某一天某一时段才供应时，外边排满了人，一边等待一边吵闹，愤怒地责怪她为什么不做好。而她在门里面，手忙脚乱到几近崩溃。

这完全是她给自己设下的困局。她本来不用为邻居做什么，多此一举地放上糖果表示善意反而给她带来了麻烦。她当然有自己的小虚荣，她希望别人称赞她的糖果好吃，希望别人觉得她是一个好邻居。这看上去像是自作自受。但这样的小虚荣就要招来苛责甚至漫骂吗？不至于。

之所以说“认真你就输了”，不是因为不认真会赢，而是因为不认真的人可以摆出一种输了也不在意的心态：反正我也没付出，我也没努力，到头来没有得到但也没有失去。认真的人，因为太在意，反而容易被同情或笑话。

但这世界上，轻轻松松就能赢的事有多少呢？年轻的时候人人都觉得自己是瑞秋，是跳脱的，不守规矩的，不走寻常路的，运气总是很好的。没有多少人想要把自己活成那么累的莫妮卡，但经历的事越多，便会知道，就算你不在意，总有你不得不认真的时候，总有你千辛万苦拼尽全力，最后却没有结果的时候，这时才能对某一时刻的莫妮卡感同身受。

4

二十九岁看《老友记》时，我总是担心剧中的人没有工作，担心他们的收入不能糊口。

说起来，除了钱德勒和罗斯，其他人的工作都处在一种不稳定的状态。其中，莫妮卡在失去工作时最让我担心，她所看重的工作，职位，梦想的婚礼，爸妈理应给她的财产，包括想要生小孩的梦想，好像编剧都故意让她得不到，唯一在她身边的钱德勒，算是仅存的温暖。

戏剧之外，莫妮卡的扮演者好像也继续着剧中人物的结局，在六个人中，只有她没有因为这部剧获艾美奖。说到原因，有人说是因为这个人物对于演员来说没有那么大的挑战性，有人说是因为演技不好，但最大的原因也许是这个角色不讨喜。

所有的执着都有残缺，所有的认真都未必有结果，这大概就是莫妮卡教会我们的事。这样一想，未免有些感伤。

这时，钱德勒的清醒就格外重要：其实我们并不可悲，只是我们都过了二十一岁。人总会拘泥于过去的点点滴滴，但我们却只能活在当下。不必因为青春逝去而感到可悲，因为每个当下都自有意义。

三十岁启示录

1

陈奕迅的《十年》最初流行时，是我上高中的时候。那还是CD和磁带的时代，我没有买碟片，对歌词的记忆也很模糊。我那时买王菲，买周杰伦，买孙燕姿，还感受不到陈奕迅的好。我第一次听清《十年》的歌词，是在音乐课上，我们班学号一号的男生站在讲台上唱了这首歌。

那时的学号是按入学成绩排名的。每个班男生第一是一号，女生第一是三十号。于是上课提问，点名，体育课考试顺序，总是从这两号开始。作为三十号，我坐在台下有点唇亡齿寒的危机感。那个男生倒是大方惯了，张口就来了一首当时流行的《十年》。

于是，一群十几岁的少男少女在台下听着与年纪极度不符的充满沧桑感的歌词："十年之前，我不认识你，你不属于我。十年之后，我们是朋友，还可以问候。”当时这个男生正与我的一位好友陷入家长不允许的苦恋，细枝末节我也知晓大概，听他一字一句唱得颇为动情，感动之余不自觉想象了一番十年之前和十年之后。那大概是我第一次对这样一段时间有了一个具体的概念和想象。

但十年，真的太远了，对于当时的我来说，高考之后就没有“明天”了。

十年的时间真的过起来，其实并没有想象的那么久。你渐渐会发现，自己过了许多以十年为名义的聚会，小学毕业十周年，初中入学和毕业十周年，再下来高中和大学，反反复复地刷新着这个词对自己的意义。

小学同学的十周年聚会，是我第一次参加这样的聚会。这个十年变化的分量似乎特别足，好些人是真的毕业后就十年未见。从童稚到成熟，仿佛就是踏进门的那一瞬间。那种视觉上的冲击感，比之后的任何一次都要强烈。但认真想起来，比起变化，互相之间还记得的不变更令人惊讶。我那时的闺密指着我说，你还是那么爱低头，紧张的时候会不停地把刘海撩到耳后。他们的记忆中有我不太认识的自己，一些从孩童时期延续的习惯会一下子让我把最初的本质暴露出来。再与他们相处，能直观地感受到十年的长度，以及自卑是如何隐藏，自信是如何生长的。

但我后来发现，这种个人意义上的改变在某种意义上是可控的。在那次聚会中，每个人一进门都认出了我。在他们的眼中，我基本是没有变化的，从样貌到成绩，都还是小学时的既有印象。

变丑，变美，坠落，上进，值得惊讶的改变不外乎这几种。在十年后，能保持良好的不变的轨迹，也并没有什么好值得叹息的。

2

十年这个时间，真正让我有物是人非的感觉，是在高中入学十年的聚会上。

当时的饭局是在母校旁边进行的，而我们的高中在一年前被夷为了平地，原址上建了一座繁华的广场。那座在半岛上的百年校舍，我们上课的座位和最后黑板上留的字，那些在图书馆午睡的时光，每天早上走过通往学校那座桥的偶遇……都不再有载体可供回忆。所以，我再也没有来过这块地方，仿佛只要我不去看，当时的校舍就还在那里。

入学十年的噱头，是在饭局进行到一半时，大家才想起来的，只是为了硬拗一个祝酒词。其实这群人年年假期回来都聚。就在这时，我忍不住往窗外望了一眼，新建广场上的彩色灯光一下子刺痛了我，这样的繁华景象在我心中反而是满目疮痍。

就是这时，我突然感受到一种人力无法挽回的苍凉和无力，那些所有在这里发生过的故事，除了我们的回忆之外，再也没有承载的地方。之前所有关于时间的为赋新词强说愁，在这一时刻确确实实有了伤痛的对象。

像这样无可挽回的事还会有许多，有些无关痛痒，有些痛彻心扉。但在外人看来，没有哪一段时间，比另一段更有意义，或者更没有意义。

十年，只是看起来气势磅礴罢了。学生时代，朋友之间流行一种自我安慰的方法：如果遇到实在难过的事，就想一想，十年之后这事还会让你烦恼吗？以这样的时空转换来达成对当下的一种释然。这样的方法通常都很有用，所有觉得跨不过去的坎，在这样漫长的时间稀释下，仿佛都不值一提。

但烦恼确实还是烦恼，写不完的作业，没考好的考试，都还是要自己一晚一晚地熬过去。只不过我会相信，十年后的自己已经跨过重重阻碍，以至于之前所有磨难都可以轻描淡写地一带而过。

后来我写明星稿件，发现大多数人的经历都和十年之期有关。十年前错过《蓝色大门》的张孝全，十年前还在《星光大道》的徐佳莹，十年前还是少年容颜的胡歌，十年前唱《奇洛李维斯回信》的薛凯琪。只要留心，每一个人的人生节点都有一个有意义的“十年”。

人物写得多了，我未免有些麻木。每个人慢慢会有很多个十周年，这个节点对你的意义到底几何，只有过了这个节点才知道。

3

今年回想起2007这个数字时，最开始我的脑中是一片空白。

2006年有欧洲杯，2008年有奥运会，而2007年好像普通得不能再普通了，就算上网搜2007年发生过哪些大事，都没什么值得回忆的样子。

有一个中午，我听着网易云音乐的《歌手》原唱歌单，光良唱的《那一段日子》里，前奏突然冒出了一段原唱巫启贤的独白：“我在回新加坡的飞机上，用毛毯盖着头，一路痛哭着离开台湾，因为我的专辑被拒绝发行，这件事发生在1987年5月。”听到这个时间，我才突然惊觉，那个被光良念念不忘的十八岁时听到的歌与我在时间上的联系。

2007年我为数不多的日志里，有一篇叫《玛丽安的二十岁》，借用的是席慕蓉一篇散文的标题。比起终于成年的十八岁，十八岁到二十岁之间的那段时间要让我更有实感一些。大概这是我第一次感受到“九数之岁”带来的惶恐感。席慕蓉写的玛丽安，是一个漂亮的外国姑娘，因为双亲离异，度过了一个苦涩无奈的二十岁生日。

十几岁最初看的时候，我觉得那是一群长大了的年轻的女孩子，对于这稍苦涩的二十岁生日，也没有觉得有太多的难过，完全不明白二十岁的可贵，日子也并不会因二十岁的到来有什么不同。

我大概是在十九岁的最后一天，才感受到自己对这个年纪的轻慢和假装洒脱。我的日记里记了一件小事，那天去上课的时候，生日只比我早四天的双子座好友，在手机上打了几个字，从课桌下递给我，上面写着“十九岁的最后一天”。我在那一刹那便感到难过了，周围一切慢慢淡去，只想着，十九岁的最后一天就要这样子度过了，没有热情，没有期望，未免太仓促、凌乱、无谓与可惜了。

那一刻，我只想隔着遥远的年岁祝玛丽安二十岁生日快乐，年幼时不懂事，轻慢了这年龄与悲伤。也要给我的朋友道歉，在他们比我先满二十岁时，那样想知道二十岁的意义的时候，我简单地说没有想法。而日子是你想把它过得重大便可以重大的，而不在意时，不管有多大的意义，也便流逝过去了。

如今一晃十年，那时被我假装忽略的惶恐感在“奔三”的路上全都补齐了。进入二十七岁后，我就不怎么想谈年纪，但会不由自主地关注别人的三十岁是怎么样的。

日本明星木村拓哉和深津绘里一起上过一个叫《同学年》的综艺，两人一起聊进入三十岁的感受，还差几个月满三十岁的深津绘里说：“我想很快进入三十岁。一到三十岁，就有一种从这里开始的感觉。”

木村拓哉说他也一样。

“二十岁的时候不会这样想吧？”

两人一起点头：“二十岁时完全不会，觉得无所谓，就是成人了那种感觉。一到三十岁这个点上，预备——”

“嗨！开始！这种感觉是吧！”深津绘里轻快地拍了一下手。

“我想这样表达也可以，目前为止的人生，是彩排的感觉，经过了十几二十几岁，再进入三十岁，就有种准备好的感觉。”

两人的这种欢快的激动，是我长大后才见到的一种看待年纪增长的新的态度，不是年华易逝、壮志未酬，而是面对将要“归零进一”的数字时，依然有所期待。

那一刻，我有点想回到2007年，回到十九岁的最后一天，像深津绘里一样轻脆地拍一下手，满怀期待地说：“嗨，开始了。”

4

事实上，去想象二十九岁是比去想象三十岁要容易得多的。

我之前在豆瓣上看过一篇小说，叫《我二十九岁的夏天》。小说开头，女主角的手机掉进洗脸池里，前男友的电话刚好打进来，手机下沉，闪烁，黑屏，然后世界一下安静起来。不知为何，我觉得这个具象的场景，非常有二十九岁的感觉。一切不如意堆砌到极点，然后黑屏重置，向死而生。

后来我有机会约这篇小说的作者给杂志写稿，去年这篇小说同名的图书出版，作者给我寄了一本。我发朋友圈后，之前给我写“十九岁的最后一天”的双子座好友看到了，说“就冲这个书名也要买”。二十九岁的夏天，对于我们来说就真的是二字头最后的日子了。那一刻我感到了一种时光轮回般的定格。

有一部韩剧叫《九数少年》，我不知在哪里看到一个说法，九岁，十九岁，二十九岁，年龄逢九之时对人来说都是凶年。而二十九岁在星象上，又是土星回归年，是每个人接受重大考验的时候。

黄伟文给薛凯琪写过一首《给十年后的我》，我第一次听的时候，有泪意翻涌。里面的歌词字字句句在诘问，十年后的“我”会不会让自己失望：

这十年来做过的事，能令你无悔骄傲吗？
那时候你所相信的事，没有被动摇吧？
你成熟了不会失去格调吧？

当初坚持还在吗？你还是记得你跟我约定吧？
区区几场成败里，应该不致麻木了吧？

我不知道我敢不敢回答。

那一刻我突然意识到，这种对年龄增长的惶恐感，很大程度上是因为，现在的我不能满足年少时自己的期待。后来听到薛凯琪演唱会时唱这首歌，她哭到唱歌都跑调，我非常理解，无论是谁唱到这几句歌词时，都难免心绪难平吧。

我采访人物时，有时会在最后加一个问题：如果可以回到十年前，你想对那时的自己说什么？这个问题通常很有效，特别是原本不太能聊得开的明星，在回忆往事的时候，都会放下防备，柔软起来。十年前不快乐的自己，十年前受伤的自己，十年前觉得世界不公平的自己，好像都可以在想象的时空里，被成熟的自己所安抚。

但有没有可能，今天的自己，对不起曾经的努力呢？

在大数据上平凡至极的2007年，我拿了一等奖学金，考了英语六级证书，过了计算机二级。就算现在的我回到过去，似乎也不能做得比那时更好了。但潜意识里，每每回想起我的大学时代，我总是觉得电视剧看得太多，睡觉睡得太多，临时抱佛脚抱得太多，无关的杂事做得太多。我还是有埋怨过，那时的自己不够努力。

可是今天回望过去，我只想说，已经够了。

再大胆些玩耍，再自由地浪费一些被琐事绑架的时间，就更好了。

2016年，黄伟文又给薛凯琪写了一首《十年后的我》。有人说歌词的意境更开阔了，却始终离感动还差一分。对我来说，歌词只有一句深入我心：你现有的，问你可愿拿。

我想，真正好的回答不是愿不愿意，而是刘若英唱的那句：这些年我还算可以，至少都对得起自己。

能做到这样的人，大概才能面对浮云一别的流水十年不生惆怅，对将来的十年不生畏惧。

写 在 逢 九 之 年

1

作为一个编辑，每一个新年是比其他人要提前两个月开始的。提前做稿子，提前报年度选题。以至于2019年真正到来时，我的内心已经没有新年的感觉了。

人长到一定年纪，对于新的一年就会慢慢失去期待。那种对时间标志所暗示的新生感，会渐渐在身体里消逝，有的只是时间的追击感。今年已经这样了，并不相信明年会更好。初中的政治书上说的螺旋前进，年少时是体会不到的，眼中只有前进，只有在螺旋中盘桓几年，才能接受人生也有倒退这个事实。

2009年是我本科毕业的年份，以后提到我们时，便会有一个数字：2009届。到2019年，距获得这个称呼，已经十年了。2008年是金融危机的一年，2009年时我们班找工作找得最好的一个同学，去了壳牌，外企，起薪七千元，让一群人羡慕。我读研究生时，同学们回学校找我们玩，去钱柜唱歌，末了结账时，那位同学要买单，我们推辞要AA制，另一个同学拦住我说：“你们还在学校读书呢，他一个月七千元，小意思。”

十年过去了，每个月出现在我卡里的以“工资”为名义的入账，还不到七千元。意识到这一点时，我很是羞愧。这大概就是为什么新年让人害怕的原因，当你认真去计较时，时间和数字很容易带给你一种羞辱感。

2

不知是不是巧合。2018年，依然是盛传经济危机将至的一年，那到2019年，我们是不是会经历一轮历史的循环?

我更多笔的收入，名义是“稿费”，稿费是只要你不写就没有的收入。生病、旅行、犯懒，都会导致在某个月的收入锐减。

杂志的稿费是要迟两到三个月发的。最难熬的是前两个月，一旦熬过了这段时间，每月都可以有进项。而一旦之后断了，空白的一个月会特别难度过。不能病，不能玩，不能懒，永远没有固定收入的保障。这种不安全感，是从事媒体工作的基层员工受到的一种隐性剥削。

上一年春节假过完之后，我在上班时常常感到乏力、暴躁和愤怒。一开始我把它归之为假期综合征，后来我发现不是的。在我意识到我愤怒的根源是来自于新的一年自己仍然没有改善的处境后，我渐渐平静下来。

厌恶上班的时候，我逼迫自己以去图书馆的心态去上班：早上七点半起床，去图书馆占位，开始看书，找资料，写稿——听起来和我大学时的学习状态无异，何况现在还有一张独属于我的大桌子，靠窗，有很好的光线。这样一想，好像又不是那样难以忍受。

如今，我已经丝毫没有辞职的念头。光是想一想要辞职，辛苦感就会盖过辞职的痛快。不会轻易说辞职，大概也是年纪渐增的迹象。

有朋友在这一年一直想换工作，他常常更新近况，说越来越觉得生活艰难。其他朋友一直劝着，让他想清楚，现在并不是跳槽的好时候。我觉得那论调耳熟，仔细一想，2009年的时候，也是有这样的声音在劝说着，不是找工作的好时候。同届同学的凄凉景象，还浮现在眼前。那时已经保研的我，像驼鸟一样，不问世事。而如今，我也是龟缩在这自己建筑的“图书馆”里，有得过且过的心态。

不同的是，十年前的金融危机期间，有种过去了就好的天真心态，而如今，明白日子有更坏的可能。

3

2018年下半年的时候，我关注了一个豆瓣热门话题：消费降级启示录。

一时间，人人因为经济感到自危，像是好不容易给现状找到了一个光鲜的表达方式。看了几篇话题讨论之后，我非常失望。一些乐于分享自己“消费降级”的人，没有降级之前的生活也不怎么样。没有经济能力，没有品位，更要命的是没有思想境界，这些加起来展现出的生活的狰狞面目，比消费降级本身更加可怕。

岩井俊二的《垃圾筐电影院》里提到，他十二岁的时候看到关于1999年的末世预言，算了一下自己到1999年是三十五岁，还有二十几年，于是便放下心来。我们，是安然跨过传说中的世界末日的人，却在之后的每个逢九之年，都如同要面对末世一般在生活。

我一向是个运气不怎么好的人，抽奖时，哪怕有保底，我通常都只能中末等奖。这让我在面对抽奖活动时毫不期待。这种毫不期待的态度延续到生活中，是一种不信任何“天降大运”的淡定。我从来不敢做有风险的事。我去过澳门三次，没有一次在赌场把币投进去。

朋友们的生活也有好有坏，但都很辛苦。辛苦之余，他们会做些白日梦。白日梦的主题之一是，如果穿越回十几年前要做什么？在2008年买房，买阿里巴巴和茅台的股票，买比特币……那都是些一夜暴富的白日梦，但想了好像也能让自己安心。

后悔的程度，随着年岁增长也是不同的。有不甘心，有意难平，再到后来，有一种虚幻的安慰。

现在的我，回到过去不一定比当时做得好。这种想法会慢慢地磨平后悔中不甘心的部分。高考时的自己，大学的自己，找工作的自己，从一个城市到另一个城市的自己，有那么多可以后悔的重大节点，形成了现在不知足仍在辛苦中挣扎的自己。但回望过去，人生仿佛并没有不辛苦的时候。

已经过过一遍的日子，再过一次也不一定更好，又何谈未来呢？这样一想，我未免就会有些怯懦。

4

过去的一年，是我难得没怎么有年龄羞辱感的一年。

这一年，我的心态好像突然松弛下来，慢慢明白一个道理，只要自己无所求，或者至少表现出来无所求的样子，别人就奈何不了你。把自己的欲望藏起来，不给别人看到自己的软肋，别人就没有可以攻击的地方。

有天早上，看了周迅和陈可辛的对谈。周迅坦言，在近四十岁时，她感受到了衰老的恐惧。“《明月几时有》之后，突然开始意识到，真的，我的脸，三十岁的时候都没有这样的情况，其实开始我是很难过的，那时候是真的真的不开心。”二十六岁时还能在《大明宫词》里演少女太平公主的周迅，感受到了迟来的不开心。

我其实常常有这样的不开心，但并不是来自脸上的皱纹。

年龄的羞辱感是慢慢呈现的。我在读研究生时，已经工作了的同学，语重心长地告诉我她手下的九零后实习生有多厉害，我找工作时再不积极一些，和她们比起来还有什么优势?

再是二十六岁跳槽找工作，拒绝用人单位的不合理要求时，我听到电话那头刻薄的女声：“你有什么了不起？不就是个‘211’‘985’吗？你也不看看你多大了，我还没嫌弃你已婚未育呢。”

我从前年开始看中医，吃中药，身边所有人都像是过来人一样指点我。亲戚踩着我的痛处不放，在我看来虽然不怎么成功，但还凑合的我的人生，在他们看来很是刺眼。于是每每快到农历新年时，我便越来越胆战心惊。

有去手机公司的同龄前同事问我："有没有觉得有跟不上年轻人的时候？"我说："没有啊，特别是到出版社之后，因为这里年长的编辑多，我获得了一种久违的、可以在这里待到年老的安心。"但我偶尔抱怨实习生的工作时，年轻的美编会说上一句："你和她计较什么？你比她大那么多。"

学妹说，想起2013年春晚看到三十二岁的夏达时的惊艳，转眼我们自己也到了三十岁，看起来也还很年轻的样子。年龄的增长并没有体现在脸上，但衰老以另外的方式呈现。比如，二十五岁之后再也不那么好减的体重，愈发熬不动的夜，体检时越来越多的异常项。

切实感受到这些变化后，再看女主角是三十多岁的片子，便会有不一样的感受。《需要浪漫》第三部里金素妍那彻骨的寂寞，《恋爱的发现》里因为没钱，拒绝男友求婚的三十二岁的郑裕美，《慢波舞》里在工作和感情间取舍的三十一岁的深津绘里……再看一遍这些我觉得又酷又美的三十岁女性时，我理解了浪漫故事背后的现实感。

我之前很不喜欢《BJ单身日记》，不喜欢《真爱至上》，不喜欢《他其实没那么喜欢你》，我不喜欢又蠢年纪又大又不美的女主角。但现在我再看回去时，内心会有一些恻隐，能静得下来看导演究竟想讲一个什么故事。

虽然，我也分不清这种因年纪增长而来的宽容和共情，究竟好不好。

相比起来，日剧里找不到工作的新垣结衣，嫁不出去的吉高由里子，三十岁被叫“大婶”的深田恭子，没有女子力的桐谷美玲……好像现实感更强一些。这提醒着我，这些女主角会得到一个相对完美的结局，是因为她是新垣结衣、吉高由里子、深田恭子、桐谷美玲啊。而我们，常常有日剧糟糕的开头，却没有那结局。

5

2018年将尽的时候，我去日本拍了一次校服照。

不是在镰仓，也没有看得见海的铁路。我穿了简单的背心格子裙，戴上蝴蝶结领结去北海道大学拍了照，效果还不错。在暂时让我忘却年纪的一年，我的心态和状态都很好。

但拍的时候，我心里想的却是，我最想要的还是穿着高中校服的照片。那件红白黄番茄炒蛋配色的校服，当时嫌弃得除了周一早上升旗仪式，平时不会穿的校服，在拍毕业照时也没有穿的校服。

我想要更正的是自己的某一段青春，但我再也没有机会了。校服被我妈拿去送人，高中的校园也被拆迁了。这大概才是无解之憾。

2009年时，我的本科毕业照上，我穿着白衬衫和黑色小短裙，系着红色领带，体重八十八斤，就算右手打了石膏，看上去还是没什么遗憾。没有遗憾的东西，就不会如鲠在喉，就不会常常想起。这样的体重，我从大一一直保持到工作第三年，直到从广州来到深圳，二十六岁的那一年，我一下子胖了八斤，就再也瘦不回去了。

在这浮萍般的人生中，能抓住的安全感并不多。会背叛你的人和事太多，会瞬间失去的东西太多，在无数可能失去的动荡中，我仿佛又成了那个站在老虎机前等待数字停下的女孩，因为知道得不到什么，反而有种悲观的冷静。

6

2018年，我还在给杂志写稿。

在纸媒唱衰了这么多年，经历了一本杂志的停刊，在被不少公众号约过稿之后，我还在给杂志写稿，一个月一个月地等稿费。

我并不怀疑，2019年的我还会是这个步调。我受不了公众号要发时催稿的急迫，习惯了和编辑一个月一个月地交任务，一点一点地写着印在纸上的字，每月收到样刊，有些尘埃落定的感觉。

如果回到纸媒人心惶惶的时候，我大概会跟自己说，只要写就好了，其他没什么两样。不要有那么多惊惶或抗争，自己能多写一些就可以了。

写这篇时，不知怎的，我想起一本十年来一直带在身边的书，法国年鉴学派的历史学家马克·布洛克的《历史学家的技艺》。与其说是书，不如说是一本小册子。这是我大一的时候在图书馆寻得的旧书，开篇，这位历史学家的儿子问他：历史有什么用？

历史有什么用？这个问题实用又功利，但也确实是最质朴的好奇。

刚上大学时对选错专业感到懊悔的我，被这本小册子安抚了。“尽管历史学只能通过昔日的‘轨迹’来了解过去，我们对过去的了解还是要比它本身愿意告诉我们的更多些，这才是我们的成功之处，确切地说，这是精神对物质的辉煌胜利。”

国际政治有什么用？哲学有什么用？中文有什么用？写作有什么用？每当我遇到这样的问题时，我总是想起这本小册子，将自己放在过去与现在的界限里，放在史学家的眼界里，去评价我在做的事的价值。

2019年，大概又是一个人们虽然还未见过，但能从历史中推得一点端倪的一年。至于我，会用我不多的个人经验，对这即将到来的逢九之年，说一句：不要慌，不要躁，不要乱。

听说青春期是人一生最笨的时候

我人生中最轻松的假期，是大四时的寒假。那时保研已经确定，毕业论文也还没到要紧的时候，寒假回到家时，我对人生有一种暂时的尘埃落定感。在那个最后的寒假，无论找工作还是考研，都告一段落了，所以回家后同学聚会特别多，一场接一场，连许久未曾联系的小学同学居然也约了出来。

于是，时隔多年，我与我人生中第一个被我定义为“最好的朋友”的女孩小Z，在这个节点重逢。

1

我一直觉得，我小学五年级转学之后的同班同学，是我遇到过的最早熟的一群人。男孩们下课总在约架，虽然总是没有真正约成功的；暗恋和好感被女孩们拿来在课间游戏中开玩笑，谁喜欢谁在这个集体里并不是讳莫如深的话题。因为班主任的世故和区别对待，让一群小孩过早地窥探到了成人世界的规则。每周交的周记都是学生悄悄告状的途径，平时暗流涌动，让人不知会有什么大事发生。但这个班的成绩一直排在年级第一，班上优秀的学生，也是真的优秀。

小Z就是这个班最优秀的学生的代表。我第一次见到她是在转校过来的开学典礼上，她在升旗台上领唱国歌，而我站在台下，诚惶诚恐地观察着新的集体。我与她隔着半个操场的距离，九月清晨的阳光，国歌的肃穆，飘扬的旗帜，小Z的长辫子和天籁般的歌声，一起营造出一个神圣又遥远的画面。

那歌声的美妙，并不是我年少的滤镜。在这之前小Z已参加过当时全国知名电视台的少儿歌唱比赛，拿过不少奖。她是学校的大队长，不仅优秀，还长得美。我在台下时，并未想到这个看似离我非常遥远的女孩会成为我最好的朋友。

2

小Z第一次和我说话的情景我记不清了。当天同时和我一起转学来的，还有一个男孩小W，长得十分英俊。班主任让我们做完自我介绍之后，下课时我们两人立刻就被包围住，迎接大家好奇的提问。

后来我才知道，小Z也是转校生，这个班的曾经的转校生都异常优秀。所以大家对新来的同学，有莫大的好奇心。有别的班跑过来看热闹的同学堵在门口，我到走廊上透气时，听见围观人群议论：这个班的转校生，真的每一个都那么好看啊。

我没有自恋到觉得这热闹是因为我，很大程度上应该是沾了那个男孩的光。同时也可以想象，前一年小Z转校过来时造成了怎样的轰动，以至于让众人能留有这样的印象。

可以说，小Z满足了我对于优秀所有的想象。在此之前，我从来没有这样羡慕过一个同龄的女孩。

我在上课时总是偷偷看她。因为她的声音好听，她总被老师点名起来读课文。她站起来的时候，长长的辫子拖在身后，随着她读书的节奏微微摇晃着。我不自觉地关注着她的种种细节，也曾为和小Z用同样颜色的墨水而暗自高兴——这大概就是与偶像用到同款时的心情。

我并没有主动去接近小Z，我们之间大概有种默契的矜持。尽管回忆不起最初的场景，但我知道，在最初包围着我提问的人群中，一定没有她。

我和一起转学来的男孩小W没有让大家对转校生失望。我陆续在各种考试中拿到全班第一的成绩，而小W在展示了各种让老师头疼的招数和出众的球技之后，成为了男生中的领袖人物，现在想起来，那是一种人格魅力，他天生具有受欢迎的本领。

除了是在同一天转来的，我和小W在班级生活中并没有任何交集。老师批评他或表扬我时，总喜欢带着转校生的名号，于是我们总是被频繁地放在一起讨论。我想，同样作为转校生的小Z，一定也在这样暗暗地观察着我们。

转校生身上也许真的有某种共同的特质。转学的理由通常不那么让人愉快，来到一个新环境之后，又往往比别人要敏感。同班同学之前一起度过的时间，于我们而言是一片空白。在他们提到我们不知道的事情时，那种局外人的感觉特别强烈。我羡慕小Z，她已经成为这个班级中的回忆和骄傲，我也羡慕小W，他从一个外来者变成了领导者。尽管最初我和他们之间没有交集，但精神上我莫名地依赖着他们。不知道他们从我身上，又看到了什么。

3

后来我们成为朋友之后，小Z告诉我："那时的我也正在羡慕着你。"

我们成为朋友的契机发生在放学一起回家的一段路上，小Z的家和我家是不同方向，但她母亲的单位在我回家的路上。当她放学后不回家，去找母亲时，我们排放学队就会站在一起。至今想起来，和她共同回家的那段路都是闪闪发光的，通常是夕阳西下的时候，路上会经过一条护城河，我们从桥上走过。桥下的水不是太清澈，但在光线的变幻下，仍然呈现出让人赞叹的光景。

那时很短的一段路，我们要磨蹭着走上很久。经过最初的矜持之后，简直不知道我们怎么会有那么多的话要说。这个在我心中那样遥远的女孩，拉着我的手，一点一点地和我倾诉烦恼。她说起我刚来第一天时，她在讲台下看着我被人群围住的样子，她也记得我每次被老师表扬的情景，还有我的作文被全年级的语文老师在课堂上当范文时大家的惊叹。这样优秀的女孩，在看着我时，有了失宠的感觉。

但那时，我们都觉得不可思议：我所羡慕着的女孩，居然也在羡慕着我。

她也有自己的烦恼。比如她的声音已经快到变声期，她的声乐老师告诉她，她的声音过早地失去了童声的感觉，再参加比赛不太可能拿到奖了，她现在只能等待变声期过去；比如她让我羡慕的长辫子，那样的过腰长发，每次刚洗完头，她母亲不等她晾干就要让她扎起来，因为不能忍受她披头散发的样子，这一直让她非常难受；再比如，她觉得自己人缘不好，在下课的热闹中感到手足无措。

小Z的烦恼和我有着不同的原因，但在互相倾诉中，两个寂寞的女孩都得到了慰藉。我们都不常提转学之前的学校的事，光是正在发生的事就够让我们说不完了。

而我们讲得最多的，还是喜欢的男孩子。

我和小Z都是家教严格而内向的女孩，在下课女同学们的游戏和玩笑中从不吐露心声。我们讲起班上最帅的男孩子，是早读时领读课文的副班长小F，但班上的同学显然不认可，说起他来总是哄堂大笑。“每个刚来这个班的女生，第一个喜欢的男生都是他。”小Z对我说。不久后，我就知道了大家哄笑的原因，副班长那样老好人的性格，相处久了让人觉得魅力全无，慢慢变成供大家开玩笑的对象。

这个我们共同有过短暂好感的对象，让我和小Z更加亲近起来。而我们互相告白自己真正喜欢的人的那一刻，那种终于有人可以吐露秘密的激动，甚至盖过了喜欢这个事实本身。这是我第一次，拥有这样投契的朋友。

放学路上，小Z拉着我问，她是不是我最好的朋友。我毫不犹豫地将这个最高级的认定给了她，她的确是我人生中第一个“最好的朋友”。

4

小Z喜欢小W。这是一个意料之外又情理之中的答案。毕竟小W是被称为“全班女生都喜欢的男生”，即使不喜欢他的女生，在做简易占卜游戏写上三个自己喜欢的候选人时，也会把他的名字写上凑数。但我原本以为，小Z的欣赏水平会更独特一些，比如我当时喜欢的男孩小P，就是冷门的选项。

互相吐露秘密之后的女孩间的感情是非常黏腻的。我们平时在班上维持着高冷的样子，在放学时拼命回忆这一天男孩和我们的交集。和我几乎没有讲过话的小W，在这样的倾吐中成为我熟悉的人，那些经小Z反复描述的细节，生动地构建出小W更完整的样子。小P对小Z来说大概也一样，我们必须保持着对彼此喜欢的男孩的信息更新，才能在这种交流中随时给对方反馈。

小Z和小W之间的故事，至今我都觉得是偶像剧一般的情节。我们自以为是秘密，其实对于班上的同学来说早已不是秘密，只不过当事人拒不承认，便添了几分扑朔迷离。

小W也是喜欢小Z的，这是我早就猜到的事。但小Z自己不相信，就算相信了也没胆子谈恋爱。我作为一个半开卷的答题者兴致勃勃地看着他们的互动，颇为有趣。有这样恶趣味的人显然不止我一个，某一天放学打扫卫生时，小W和小Z被同学锁在教室里，说要等到他们表白之后才能放出来。他们先是拼命敲门，随后安静下来，被小W平日权威支配的恐惧让大家在安静两分钟之后就赶快把门打开了，我看到两人的脸上都是一片通红。

那两分钟一定是发生了什么的，但即使是我也没问出答案，直到毕业之前这都是这个班留下的最大的未解之谜。

我一开始是问不出，后来则是没有机会问了。

男生的躁动仿佛会传染一般，我也渐渐听到了小P喜欢我的流言。我在那时理解了小Z那种只要没有亲自证实，心里就坚决不承认的心情。确实是没胆子，并且在这流言四起的时候本能地感觉到了害怕，那是一种在师长常年教育下犯错的感觉。

在这种害怕中，我对小P渐渐没有了好脸色，每当他找机会试图和我说话时，我总是冷漠以对。这样的情形持续了好几天，就在我不知道如何破解这种窘境时，我听到有人告诉我，小P在前一天放学后，当着许多人说他喜欢的是小Z。

很难形容当时的心情，一面是被人看笑话的羞耻感，一面有些怨恨他选了小Z。我几乎立刻能想象，这是一个男生幼稚的报复心态。但，也有那么十分之一的可能性，这就是事实。

为什么偏偏是小Z啊？优秀到所有男孩喜欢她都不为过的小Z，知晓我所有心事的小Z。之前所有的倾诉，在这样的结果面前，让我显得格外狼狈。虽然明知这和她没有丝毫关系，但我已经不能再像以前一样面对她。几乎在听到传闻的那一刻，我就知道这是我们疏远的开始。我的伤心，不知道是因为那个男孩更多，还是因为失去了生命中第一个重要的朋友更多。

5

再之后我们很快迎来毕业，以那条护城河为界，被分到不同的初中。

说到底，年少时所有的暧昧，下场几乎都是无疾而终。而我却偏偏在收尾时，搭上了一段女孩间的情谊。这一直让我懊悔。小W和老好人副班长小F初中仍然和我在一个班，而之后几年我再也没有见过小Z了。

我和小W在初中时，反而有了种老同学的熟悉，那大概是一种彼此都掌握对方丢脸往事的默契。他依然做着男生中的风云人物，我依然做着我的乖学生，但私下关系还算不错。我们很少提及往事，只有一年运动会时，我们在候场区等得太无聊了，我突然兴起问他："那时你和小Z被锁在教室里时，到底发生了什么？"他笑而不答，反问我："那时你有没有喜欢过小P，哪怕一点？"我一时语塞，侧头看见旁边的副班长伸长脖子在等答案。

那一刻我突然明白过来：无论是年少时的男孩，还是我最好的朋友，我都没有机会重新再来一次，对他们温柔以待了。

在这之后，有意无意间，我开始打听小Z的消息。副班长小F的家和小Z的家离得挺近，一年内总有碰见的机会。我问起他小Z的近况，他眼里露出惋惜的神色，只说了两个字："胖了。"愣怔之余，我再追问，小F补充，她的那一头标志性的过腰长发也剪短至肩，现在扎着普通的马尾，因为发质的原因，爆炸似的散开。总之，过去我们心中的女神，形象不复从前。

6

说实话，我并不觉得外表的变化会影响小Z的优秀。因为我也刚经历了剪短发后颜值暴跌心灰意冷的阶段，这间接导致我初中时对外貌和穿着打扮的无欲无求。

整个初中，是我体验到作为学霸是什么感受的时段。那时学校还有红榜，月考和期末考成绩前五十名的，名字会用毛笔写在红纸上，贴在教学楼的入口，一月一换，有一种张扬又残酷的仪式感。榜单上第一的位置，三年间我只掉下来过两三次。大多数时间，我和第二名的分差都是两位数。别人对我的印象，在一张张红榜上被固化，到后来变成了我在第一位是正常，不考第一就会迎来指指点点。

有一次我去办公室交收上来的作业，刚好遇到有老师在教育早恋的学生，看见我进去，那个老师突然朝我一指："看见没，人家要谈恋爱不能谈吗？人家谈恋爱了吗？这才是真聪明。"我尴尬地夺门而逃，心里暗暗抱怨那个老师的混乱逻辑，希望被训的学生不要记恨上我。

我是这样度过我的初中生活的：紧张，焦虑，不容许失手。我以为在远处的小Z也是这样的，在那个河对岸的中学里，以和我同样的步调生活着，然后在不久的将来，我们会在这座城市最好的高中里相见。

我对关于小Z外表变化的传言并不是很在意，反而是另一些反馈让我心里有些空落落的。有一次华罗庚数学竞赛，全市所有学校的参赛学生会集中在一起培训，我遇到了小Z学校的同学，聊起天来，问起小Z，我觉得小Z应该还是全校知名的人物，却好几个人都不知道她。她的同班同学和我聊起的小Z让我感到陌生。我不甘心地说："她唱歌很好听呢。"对方木然地点点头，完全不是我想象中的反应。是初中再也没有让她领唱国歌那样的场合了吧，我自顾自地解释着。

7

我在高中再见到小Z时，我在那时才懂了她同学眼中的木然。

我那样热切地寻求着的我记忆中闪光的小Z，成了一个普通的同学。再晚几年，我会知道这世上大多数人或早或晚，都要承认自己只是一个普通人。但小Z对我的意义太不同了，我无法忘记初见她时在升旗台上的那个发光的样子，我无法理解中间发生了什么，以至于让这光芒退得这样彻底。

后来，我们果然在这座城市最好的高中相见了，但却不是我想象中的情形。

这所学校每个班按中考成绩排学号，男生在前，女生在后，老师们点名时凭学号就能直观地知道学生的信息，学号在最后面的学生，是找关系的，还是交钱进来的，老师心里都清楚。

学号在某种程度上限定了同学的交集。每周两次的周考按学号排座位，男生一号和女生一号坐，男生二号和女生二号坐；大考时则按学号分考场，第一个考场是一个年级二十几个班的男女一号，然后以此顺延。每次坐在一号考场时，考试前我都在心慌，我是要和这样的一群人一起落笔啊。高中优秀的人，优秀得各有特色，也有我望尘莫及的人物，但他们再也没有给我带来像小Z一样的感动，我再也没有像那时一样对别人有那样的憧憬。

而小Z的学号，这时在很后面。我们在考场上见不到，在竞赛辅导班也遇不到，在我去他们班找她时，她也并不像是要和我相认并恢复往日情谊的样子。我们的情谊，大概就到这里了吧，我这样想。

有一次，学校组织合唱比赛，小Z是他们班的领唱，我们班的顺序在他们班后面。我在候场时看到舞台上的小Z，是我熟悉的小Z，那天籁般的歌声，脸上飞扬的光彩，是我记忆中的样子。我忍不住跟我旁边的同学说："这领唱是我的小学同学呢。"比赛结束后，我碰见了小Z，难得她见到我时，笑得这样明媚。

我本以为我们的故事会重演，一切又从这里开始。但是并没有，这次合唱比赛之后，日子和之前并没有什么不同，我和小Z像是一点也不熟的前同学一般，走完了我们高中的日子。大学我去了广州，小Z留在了本地。

8

跟小Z再见面时，是在小学毕业十周年的同学会上。

那时的大家，工作的工作，读研的读研，看起来都是大人模样。小Z考了本地大学的研究生，继续读书的人又成了一个小团体，时隔多年再次见面时，我们终于有了共同话题。这时的小Z，只是微胖，化了淡妆，很接近我记忆中的样子。

我和小Z都一下就被认了出来。“一点都没变。”大家说。其实，怎么会一点都没变，不过是成长后的样子，在彼此记忆里寻找到了契合点。

聚会的氛围很好，一群人在一起回忆幼稚的往事，一直聊到笑出眼泪来。大家撺掇着小Z和小W唱情歌，两人就大大方方地开始唱。小P同学坚决否认曾对小Z表白过，拉着大家一起说是我记忆偏差。副班长还是任人欺负的老好人模样，讲不到两句话就惹得大家哄笑起来。

小Z和小W，依然是话题的中心。在这群人中间的小Z，带着我少女时憧憬时的光彩，是我高中三年从未见过的。

只有和这个集体在一起的小Z，才是我记忆中的小Z吧，因为我们共享记忆，我们都记得她曾经光彩夺目的样子，在这个群体中，我们自然地恢复到了以前的相处模式。

那种回忆往事的氛围让人有些迷醉，有些当时不明了的事，在旁人的佐证下，有了突然得到了答案的舒适感。当时受的委屈，大家好奇的内幕，当时还不懂的成年人的规则，都在经年之后得到了解答。还有那些彼此记忆中当时的模样，自己已经忘记的却在别人那里被记得的细节，再次听到时，大家的眼神都温柔起来。

现在想起来，那样的聚会，是一期一会的乌托邦，因为新鲜，大家带着成人的外表和小学时幼稚的心来相见，所以难得真诚又可爱。再多见几面，这种感觉可能就不复存在。

9

我和小Z的情谊，在这次聚会中得以重拾，我们又恢复了热聊的状态，在旁人看来我们和以前一样，却不知道这在我的预计中，推迟了太多年。

聚会后，小Z邀我去她家吃饭。她在小学时学的钢琴她现在还在弹，我人生中玩的第一个单机游戏是在她家玩的《仙剑奇侠传》。玩到李逍遥撞见赵灵儿洗澡的剧情，我们操作着人物一遍遍走过去听到赵灵儿发出尖叫。聊起这些时，我们笑成一团。

吃饭的时候，我一向吃得慢，小Z等着我，待我吃完，她说："你应该就是因为一直吃饭吃得慢，吃不了多少，所以才会一直没有长胖。"我看着小Z，不知如何回答，长胖果然是她青春期时的心结。话匣从这里打开，小Z终于说起，她觉得自己人生的巅峰在小学毕业时就结束了，很多次做梦，都会回到小学万众瞩目的时候，她把自己人生的转折，归于初中时突然发胖。

是发胖影响了学习吗？我仍有疑惑。小Z转移话题道："真羡慕你啊，小W，小F，那么多帅哥都和你初中在一个班，其实不需要发生什么，只要有这些人在身旁，就有奋斗的动力。我的初中，就是没有这样刺激自己努力的因素，长胖也无所谓，学习好像也没动力，慢慢就这样了。"

我看着我面前的小Z，这个关于她人生的答案应该在她心里认定很久了。不管旁人觉得有多荒谬，多么难以置信，这因果关系就是她给自己的答案。

惋惜倒说不上来。我在青春期时也有许多固执的认定：我认定不合时宜的喜欢会付出代价；我认定对上心的人和事物要表现得漫不经心才会不受伤害；我认定要保持对一件事的喜欢，就一定不能投入百分百的用心。这些固执有些让我抄了近道，有些让我绕了弯路。人生中的道理很难说清对错，除非回头看，才能发现哪些是误打误撞，哪些是误了终身。但我希望，不管人生走到哪个阶段，路绕得有多远，放弃自己的时刻都能晚一点到来。

想起岩井俊二说过：大家都叫我青春教主，说我爱拍青春少年少女的电影，其实不是。我只是喜欢拍笨蛋，笨蛋最有趣，因为我也很笨，而青春期就是人一生中最笨的时期，所以我拍青春期。

我一开始其实不理解，后来我才想到，这笨，也许指的不是蠢笨，而是笨拙，笨拙地错过，笨拙地因一点小事造成遗憾，笨拙地对乌龙事件念念不忘，笨拙地以自己浅薄的经验来指导自己的人生，然后跌跌撞撞，念念不忘。

我和小Z在那个假期的最后一次约会，是在开学之前，去逛我们那座小城最繁华的一座商场。里面的奢侈品牌没有一件是我们买得起的，我们只是从那些店前一间间逛过去，借着这条路，把没有说完的话再说一说。我问起小Z的将来，会不会去看上她声音条件的广播电台，小Z摇摇头，说太累了，钱又少，可能会考一个本地的公务员安此余生。对着那些华服，小Z拉着我的手说，希望将来我们毕业了，会有很多很多钱，也有很多很多时间，我们再来逛这里，那该有多好。

是啊，有多好。可这样未来时的感叹，听起来就像预知了离别一样。

性格，命运，选择，每个人的人生都像是一颗玩耍时的弹跳球，在掉落的过程中遇到不同的施力点，而我们在意的，可能只是其中的一次撞击。

曾经那些笨拙的，一碰触到就感到酸涩的往事，在十年后得以释怀，我人生中第一个最好的朋友，在十年后还能牵上我的手，一起走在路上聊着天，故事已经足够圆满。

对于一起度过的青春，我们都念念不忘；对于一起度过的青春，我们都不再介怀。我心里觉得，这样的结局，再好不过。

卷③

当你说要以写作为生

大学之后，我一度觉得，问别人梦想是什么是一件很冒犯的事。

做编辑做到第三年时，我需要频繁地采访一些人物，明星、作家，各行各业或知名或有趣的人，我难免会以不同形式问出这个问题。在采访得足够多之后，我突然发现，我之所以觉得这个问题会冒犯别人，很大程度上源于我对自己感到失望。在现实中对自己满意的人，不会惧怕回答这个问题。

要承认对自己感到失望是一件比想象中要难的事。所以最开始，我总把自己在现实世界的艰难，归因于自己错误的选择。一开始是错误的专业，再后来是行业环境，最后觉得是自己选了一条难走的路。

“当你的世界观不断完善后，有没有一些东西从小到大从来没有变过？”我曾被人这样问过。

我在年少时有一个很具体的愿望：有一间在海边的房子，做着一份稳定的工作，能有足够的时间让我写作——什么工作是无所谓的，只要能让我写作。我以为这是说明写作对我的重要性，但却没有想过，换一个角度来看，是“我不敢以此为生”。

在胆怯和热爱的拉锯下，杂志编辑的工作让我无限接近了写作，但同时也离得无限远：我不敢以写作为生，是因为体会到了以写作为生的艰难。不能不说，人生处处都是吊诡。经历过杂志停刊，经历过放弃，兜兜转转又回到这条路后，我觉得这一路，不能说选错，只能说认命。而我原以为的热爱，其实还不够勇敢。

愿意为写作摔得伤痕累累，愿意为写作在窘迫生活上更添窘迫，也许才是“写作为生”真正的意思。

以写作为生，我不知道我什么时候能到达这样的境界，也不知道什么时候敢到达。但我希望，至少有一天，我能从那里走一遭。

二十五岁你要认识村上春树

1

我一直觉得，我真正认识村上春树，是在二十五岁的时候。

那是我一个人住在单身公寓的第二年，二十五楼，三十五平米，房间很小，但有很大的飘窗，坐在窗台上可以看到珠江和江对面的星海音乐厅。晚上，游船亮着璀璨的灯光，我靠着暗绿色的窗沿，看着游船一艘艘经过，可以发上半小时的呆。

我满足于这种日子，除了工作所需，下班很少参加活动聚会，没有约的周末，将冰箱填满，一步也不踏出家门。拼接的透明书柜里，有高木直子的《一个人住第五年》，我很有信心把这样的日子再过上几年。

可进入第二年后，我发现自己常常莫名地被绝望的情绪淹没。那种感受与孤独或寂寞是无关的。我有很多打发时间的事，但比起群居，我更擅长独处。我察觉到自己有逃离现实世界的趋向，上班路上，我必须戴耳机，那种与世隔绝感能减少一些痛苦。工作的重复，年纪的增长，对未来的不安……和朋友诉说的烦恼内容总是相同，最后绕回原点。只有不去想，能让自己好受一些。

那种痛苦非常平静，如果不被什么打断，自己根本意识不到。做着一份高薪体面的工作，改着针砭时弊的文章，没有什么不好的，只是下班之后会在虚无的绝望中慢慢沉沦下去。

2

那时拯救我的，是村上春树的《1Q84》。

我并不是要说村上是个多好的作家，只是能让我从下班后的网游和网络小说里拔出来，我便觉得他难得。

书中，小时候是优等生，长大却做着补习班教师工作的天吾和身为杀手的青豆，硬要说起来，他们现下都不用为生计发愁，但若要想想未来，不免感到痛苦。

我那时觉得，我很像天吾。小时候是优等生，长大后不得志，说自己喜欢写作，却没有什么拿得出手的作品。身为编辑，可以帮别人改出一篇很好的文章，可没什么是属于自己的。作为杀手的青豆，她的自身条件足够她把许多普通职业都做得很好，她原本可以过着优渥的生活。

这世上的许多人，可能都像他们一样，在别人看起来过得很好，但不知怎的都把自己逼到了角落里，被逼仄无望的生活束缚得喘不过气。我，也是其中之一。

可如果这个世界已经不是原来的世界呢？所有在这个世界的努力都没有了意义，唯一要紧的是找到回去的出口，颠覆整个世界，让未来在另一处鲜活起来。

这个世界的评判标准对自己没有意义，现下的烦恼都不能称之为烦恼，光想想都觉得真好。再坐在窗台上时，我会去看看月亮，也许有重影也不一定。

提醒自己有另外的世界存在，会让自己重新定义现下的烦恼和追求。的确，有时是需要些什么让人从自我否定的沼泽中抽离出来。

3

后来，我有机会采访林少华，他说："村上文学的一个主题，就是暗示某种偶然性、不确定性以至荒谬性如何导致人生流程的改变，对此我感同身受。"

偶然性其实很重要，我看《挪威的森林》，其实比《1Q84》要早，但当时并没有太多喜欢的感觉。那时的读书笔记里，我这样写：整本书都让我不适，但又是令人思考的，全书直指了死亡和寂寞。

可以看得出，我当时的阅读体验是不好的，但又忍不住想写下些什么。

那种不适感是如何消除的，我并不能准确地知道。也许是我开始学日语之后文字上的畅通，更可能是随着年纪的增长，我对孤独、寂寞、病痛和生死的感悟，慢慢与这种日式禅意相通了。

我再看村上春树，看的是《没有色彩的多崎作与巡礼之年》。那时我终于下定决心，结束了一个人的生活，从广州来到深圳，进入了年少时就想去的杂志社。在此之前，我刚经历了一段漫长又折腾的重新找工作的时间，那时遭遇了很多至今看来都不能理解也不愿想起的荒诞事。到了新的杂志社后，我接手的第一个栏目是书摘，村上这本名字拗口的书则刚刚出版。

不管用什么语言，我们人生中都会有解释起来太困难的事。不光是解释给别人听，连解释给自己听也太困难。不管怎样，到了明天各种事情肯定比今天清楚。只要等待就行了。

看到这段话，我感觉所有之前找工作经历的，那段害怕询问但又期待答案的黑暗时光，终于随着一下午的阅读消失怠尽。如果可以，我不想要解释；如果可以，我想我已经知道了答案。

同事辞职的时候，朋友结束一段感情的时候，我都买过这本书送给他们。不会详细地过问他们辞职或者分手的缘由，也许对他们来说，那些都是人生中解释起来太困难的事。

到了明天，事情肯定比今天清楚。

只要知道这个，就可以了。

4

也许是偶然，也许是时机到了，村上春树总是轻易击中我的内心。

最近看的一本村上的书，是《没有女人的男人们》，这本我以为只是应付出版的短篇小说集，却出乎意料地好看。我每天睡前看，不多不少，结束一个故事，想开始下一个开头时，就会迎来睡意。

“无论在什么情况下，知都胜于无知，不管带来多么剧烈的痛苦，都必须知道那个。人只有通过知道才能坚强起来。”这是全书中我最念念不忘的一句。

在我的整个成长阶段，不管知道真相是否会让我痛苦，我都是那样急于“知道”的人。但往往在痛苦过后，又是长时间的逃避。我曾问林少华先生是否同意，林少华说，就人生和人生的复杂程度而言，多数人并未坚强到那个程度，坚强更与信念和使命感有关。

但现在，我觉得，比起痛苦本身，痛苦的意义也许更为重要。

那些不能如愿的时刻，那些不知道未来在哪里的时刻，那些不知去何处安身立命的时刻，都需要你清醒体会。

《没有女人的男人们》里还有这样一段话——

“不过，年轻的时候经历这样一些寂寞孤单的时期，在某种意义上也是必要的吧？对于一个人的成长来说。”

“你这么看吗？”

“这就和树木要想茁壮成长必须抗过严冬是一样的。如果气候老是那么温暖，一成不变的话，连年轮都不会有吧。”

我想象起了自己内心的年轮。看上去就和三天前做的年轮蛋糕差不多。我这么一说，她笑了。

“的确，这样的时期对于人来说或许是需要的。不过，要是能够知道这个时期什么时候结束，就更好了。”我说道。

看到这里，我觉得，这是给了二十五岁时看《1Q84》时的我一个回答。

我远离那种空虚的感觉已经很久了。现在想起那段时光，反而有种诗意的怀念之情。如果要我回到过去，对那时的自己说上一句话，那大概也只是：如果知道什么时候结束，就更好了。

当你说要以写作为生

1

2017年春，我拿到了四万块，是杂志休刊给的离职赔偿。这大概是我人生中最容易拿到的一份钱了，什么都不用做。可是明明身体没有劳作，胸口却一直有焦灼感。

四万块，是我在杂志社工作三年得到的赔偿。这个数额和工作年份多的同事比起来并不算多，却也不算少。我在等待赔偿的时间里看尽了人心和人性，有一种被慢慢煎烤榨干的疲惫感。

在媒体工作的窘迫是慢慢显露出来的。2011年的时候，毕业前几个月我就一个人租了一套在二十五层的单身公寓，不大，才三十五平方米，但因为格局通透敞亮，加上装修也还不错，帮我搬家的同学在落地窗前看着说，真好啊，太奢侈了。那时一个错别字扣五十块钱也不那么心疼，因为奖励更多。转载、A级稿、评优，只要做出好稿子，钱就来得很容易。

我当时负责的是时政版块，那一类文章的稿费在业内一般是最高的。当历史版块和人文版块的编辑拿着他们的稿费标准像金主一样横行在作者群中时，我只能拿着其他杂志千字千元的稿费标准跟主编说：“这个作者说太少了，能不能提一点啊？”

还好，我们帮作者付稿费税，稿费当月刊当月到，后来才知道，这已经是十分诱人的条件了。当时的主编一直跟我说：“你遇上了好时候。”出刊那天只用加班到晚上十点，之前他们都是通宵，最开始的工资只有多少，我来之后又涨了多少。

到第二家杂志社时，媒体的好时光——包括不打卡、每周一天的轮休，还有比现在多三分之一的稿费都已经是传说了。

我的收入勉强维持在和上一家差不多的水平，但挣得相当辛苦，和飞涨的物价比起来，已经是原地踏步。我向关系很好的同学约稿，被她很严肃地教育了：“不提约稿我们还是朋友。写字的收入和辛苦比起来简直不值一提，要有自己的底线。”

我工作写的是稿费还算高的人物稿，工作之外便不想再写了。有公司找过来，要求写他们老总的软文，我报了一个很高的价钱，那个公司居然同意了。还是那个好朋友劝我：“写软文一定要报价报到‘为了这钱吃这苦也值得’的心理价位，这样对双方都好，不然很容易中途就不想干了。”后来，过程果然不是很愉快。

这件事给我的教训是以后稿费低于这个数的活我都果断不接，我觉得自己的精力应该用在更有价值的地方。

生活的现实不是主动学会的，是被逼的。到拿到赔偿的时候，我已经从领导口中“不缺钱”的人，进化成把劳动合同让律师朋友研究好几遍，把欠的社保和公积金都慢慢算一遍的人。

2

我真正思考能否单靠稿费养活自己，是在等待离职的那几个月里。

那时杂志社外面的地铁，修了三年终于通车。看青山七惠《离别的声音》里写办公室外离职时一直都没有修好的高楼，我莫名觉得感同身受。办公那幢楼的玻璃是绿色的，从外面看上去碧绿阴森，有负责赔偿的领导来开会，半开玩笑地说：“这样的楼你们怎么待得下去？”美编姑娘第一次来到办公室时，就对楼内圆环状的办公室发表过评价：封闭的，抑郁的，走不出去，没有尽头。

最后几个月，我不用工作，却必须来打卡。办公室因为数次漏水，潮气越发严重，加上怎么也灭不掉的鼠患，每走进去一次都像是折磨。每天我心里都在天人交战，思考赔偿的金额到底值不值得来受这些罪。有带娃的同事能赔十几万，家里住得近，每天潇潇洒洒地来打卡，非常看得开。她也劝我们，反正也不急着找工作，在这种博弈前，着急的人先妥协。

我那时对再找工作有种倦怠之情，带着点不破不立的冲动，想待在家里，写点自己真正想写的东西。

一个熟悉的作者说，如果不是运气好，赶上公众号流行的时候，他给杂志写稿，稿费一年也就两万块钱。我查了一下自己的银行卡，每期都供稿的一家杂志，写专栏和散文，一年下来稿费加起来不到七千块。

那时看村上春树的《我的职业是小说家》，写他自己二十多岁的时候，生活得十分艰辛——

家里既没有电视也没有收音机，甚至连一个闹钟都没有，也几乎没有取暖设施，寒夜里只好紧紧搂着家里养的几只猫咪睡觉。猫咪们也使劲往我们身上贴过来。

二十几岁的时候从早到晚都在干体力活，每天都忙着还债，几乎没有余裕去“享受青春岁月”。

村上春树二十九岁开始写作，《且听风吟》得了新人奖，在写《寻羊冒险记》之前，他卖掉了一直经营的小店，成了一个所谓的职业作家。那段心路历程我翻看了很多遍，似乎想从里面寻求一些勇气——

当时，比起写作，当然还是小店的收入更高，但我仍然横下心来决定牺牲它。因为我想把生活全都集中到小说上，把自己拥有的时间全部用在写小说上。说得稍稍夸张一些，就是“破釜沉舟”，无法再走回头路了。

周围的人几乎全体反对：“还是别这样贸然行事吧。”小店的生意大有起色，正逐渐兴隆起来，收入也稳定下来，此刻转手岂不太可惜了。不如将小店托付给别人经营，自己去写小说，岂不更好？想必大家都不认为我单靠写小说能吃饱饭吧。不过我没有犹豫不决，我一直都有一种脾气："做一件事，倘若不全力以赴、一拼到底，便心情不爽。"性格使然，大概没法"把小店随便托付给别人"。这是人生的紧要关头，得当机立断，痛下决心。哪怕一次也行，总之我想拼尽全力试试写小说，如果不成功，那也没办法，从头再来不就行了。我卖掉了小店，为了能全神贯注地写长篇小说，搬出东京的住所，远远地离开都市，过起了早睡早起的生活，又为了维持体力坚持每天跑步。就这样，我毅然决然地彻底改变了自己的生活。

我身边写字的人，好像并没有真正窘迫的。离职之前，有同事和我在同一时间开了公众号，到杂志停刊时，她公众号的收入已经比她一个月的工资还高了。

但我知道，这和真正要写些什么是不一样的。那种纯文学带来的窘迫，是村上春树结束小酒馆开始写小说开始的，是王小波从大学辞职连编制都可以不要开始的。

我采访作家绿妖时，她说她当时辞掉时尚杂志编辑的工作在家写小说的经历，虽然清苦却并不是很难过，那时稿费标准相对而言还算高。她说真心佩服王小波："那可是大学，有编制的，只要不犯错，平安到老，就能一直拿退休工资。我们这算什么牺牲，有今朝没明日的。"

那时我深以为然。然而，就连这有今朝没明日的工作，也没法轻易抛却。

3

后来收到新杂志社的offer，拖着过了年，等过年假期一放完，开春也便去了。

虽然收入并不满意，但上班第一天，还是有种焕然一新的欣喜感。去新单位的路，和去旧单位前半段是重合的，路上有很多天桥。快到的时候，是两座彩色玻璃天桥，一座是绿黄相间的，一座是紫红相间的，阳光透过来，有种闪耀剔透的美。新的办公室非常明亮，窗外是一条马路，完全没有遮挡的建筑。有台风来的时候，大风在楼宇间穿行，会产生尖锐的呼啸声。有暴雨的时候，黑云从远处的一片白色楼顶压过来，被窗子的框沿一切割，上半部分像是吴冠中画的江南水乡。

日子，好像就在这种听风看雨中又过得平淡起来。

之前看《被讨厌的勇气》中说："人之所以一直无法改变，是因为早已认定自己无法改变，就算日常生活中有不如意，但保持现状能更轻松，更安心，你的不幸是自己选择的。"我好像就在这样的状态里。

到了新单位之后，我开始接一些我以前不愿意写的稿子，有些坚持不知什么时候就释然了。

之前看韩剧《当你沉睡时》，女主角为了说服母亲自己要回去当记者，给出的理由是：做记者时写的日记，一天比现在一年加起来还要多。因为以前的生活太丰富，现在的生活太平淡。我当时想，这个也许和生活平淡没有直接的关系。我读书时写了满满三四本手写日记，那时学业再重，每天也要抽出时间写点东西，写日记时只当是享受。我那时有那么多细微的情感可以捕捉，对周围世界的变化那么敏感，一点小事就能发散出多少思绪来。而现在并非是无事可写，只是如果对周遭事物不集中精神，便活在得过且过的麻木中。

但不那么敏感的时候，不时刻有想写什么的冲动的时候，人好像真的会比较快乐。“开心也是一天，不开心也是一天”这种大白话以前是不能安慰我的，但现在可以。秋风一起，窗外太阳一照，碎花裙子在小腿上随着走路轻拂的感觉，很容易就把我“要写个什么东西出来”的沉重感抛却掉。

比起“以写作为生”，“写自己想写的东西为生”也许是更加艰难的事。这大概是为什么我喜欢的作者都觉得写文赚钱艰难的原因。看得越多，我越觉得这样的窘境应该是想写个什么东西出来的人必经的路程。那些一个公众号收多少广告，写软文月入多少，各个平台的收入多少，一个剧本卖出多少钱的所谓成功的例子，也许是让写作的过程变得更难，而非更容易了。

深圳有个地铁站叫鲤鱼门，很久之前找工作面试时我坐过站坐到了那里，像是某种暗示。如果真的有鲤鱼门，什么时候愿意让自己站在那道门前也许是最重要的。愿意为写作摔得伤痕累累，愿意为写作在窘迫生活上更添窘迫，也许才是“写作为生”真正的意思。

以写作为生，我不知道我什么时候能到达这样的境界，也不知道什么时候敢到达。但我希望，至少有一天，我能从那里走一遭。

给还在旧路上的人

1

2016年的最后一个月，我和西西弗书店的员工聊天时，被告知他们的杂志区要撤掉了。

听到这个消息的一刹那，我感觉在年末的兵荒马乱中，听到了一声沉闷的敲击，世界都静止了一下。“一个时代，真的要结束了。”我听见心里有一个清楚的声音宣告着这一事实。

即使是在一个月前，我知道我所工作的杂志《女报时尚》将要停刊时，我都没有如此震惊。我以为我对杂志的告别会是我知道消息的那一刻，会是我写最后一篇文章的那一刻，会是最后一期下印时的那一刻，抑或是最后，在拿到最后一本十二月份的样刊的时候。

但是，最后一根稻草，来得这样轻描淡写，只留下我摇摇欲坠。

我想起我大学时认识的一个同样理想是做杂志的双子座的女孩。有一次，我们在橙黄色的宿舍楼道上，一边晒被子，一边看夕阳。我们说起做杂志最让人期待的部分，是我们做的杂志会出现在岛上的书店和报刊亭里，不管我们在哪一个城市，都会让这座岛上的后辈能看到我们每个月做出来的东西，我们都能遥知近况。

这大概就是我心里做杂志的最神奇和美好之处。

我始终保持了一个幼稚的习惯，每次旅行，都会去机场书店看看店里的陈列并拍下来。之前，有个在北京的作者说在报刊亭买不到我们的杂志，我前年去北京时住在东直门大街上，从住处出来的报刊亭就有，顶着报刊亭大爷和路人的注视，我乐滋滋地拍了照片。

这大概是杂志编辑的一种幼稚的骄傲。

我现在写稿的一本杂志，之前在深圳万象城的西西弗书店有陈列。万象城可以说是深圳最奢侈繁华的商场了，两年前，赵薇和佟大为来深圳拍《亲爱的》时，站在万象城的门口，都忍不住感叹它的富丽堂皇，说这是这个城市最让人感到阶级和不公平的地方。在逛这样的地方时，走到西西弗书店里，可以看见有我名字的杂志，这种虚荣感让我感到安慰。

我不是不知道杂志行业的摇摇欲坠。从进入现在的杂志社后，平均下来，几乎每个月，我都要送别一个同事。我是一个很害怕离别的人，不管之前关系如何，到最后都会有不舍。后来我想想，那种不舍大概是一种惶恐，是一种在一艘将沉的大船上，看着别人先离开的感觉。

但我没有要离开的念头。从一开始，我就决心要做到它停刊的那一天。换个角度来说，正是因为我知道这个时代将要不长久了，我才格外珍惜和它相处的时间，我知道，写一篇就少一篇，做一本就少一本。

抱着这样的觉悟，我和这本十四岁就开始看的杂志走到了最后。直到最后，我想起当时在宿舍楼上谈心的那两个女孩的聊天，还是觉得不虚此行。

我可以接受它的结束，但没想到，触碰到梦想最初的地方，还是那么痛。

2

2017年我去北京时，照例又见了那个双子座的朋友。我们在地坛慢慢走着晒太阳，和当年在大学时散步的情形并无二致。

我和她说起有天看过的一篇公众号的文章，标题是“为什么优秀反而成为你最大的阻碍”。大意是传统媒体的人，看不起借新媒体起家的人，就像当年火车刚造好时，坐马车的人嘲笑火车没有马车跑得快，最后却被远远甩下。

我仔细想了想，我并没有否认火车跑得更快。我一边说，一边跳上地坛中心的阶梯，和我的朋友同时想到了《我在故宫修文物》：也许我们就是想坚守一些就算时过境迁，但仍然有保存价值的东西呢。

我想起在和另一群朋友吃饭时，签单时我随手拿出了自己包里的笔，有一个朋友笑话我："我终于知道你们杂志是怎么死的了，到现在还手写稿子。"

这个习惯其实是我在上一家时政杂志社留下的，到《女报时尚》之后，我还是在电脑上改稿子更多。那家时政杂志有着我见过的最严谨的改稿态度，一篇稿子，从打印出来之后要经过三审三校，共六次修改，而且每一遍都是用不同颜色的笔清清楚楚地划出来。主编对字词的修改极为较真，我记得当时每一篇稿子发下来，我都像在看高考前的语文病句复习题，誊改的工作几乎是最重要的一步。

当时我们每期的稿子都要评级，一个好的编辑能把一篇C级的稿子改到B级。我的作者们都是各领域的专家权威，但在文字上，我切实感受到编辑在提升稿件质量上的作用。当时有一个作者，是我大学时所修方向的专家，我写论文时经常会参考他的书。在看过我改过的稿子之后，他称赞我把两篇流水文改成了被媒体争相转发的文章。

这种编辑功力，其实只有识货的人才看得出来，远非修改错别字和病句那么简单。有作者直接表示，他喜欢把稿子投给我们，就是因为我们对文章的加工。而我每次看到发回来的审稿单时，也每每会由衷地佩服二审和三审的功力，觉得自己在他们手下，还有很多东西要学。

《女报时尚》的文章修改和前一家又有所不同，给作者讲稿的比例大了许多，一篇文章最后改下来，幅度往往会很大。有同行问我，有些在《女报时尚》发过稿的作者，为什么在别家杂志上发表的文章质量会差很多？这种情况往往是因为编辑在背后做了大量的工作。

修改让人闹情绪，烦躁，乃至厌倦。在这个过程中，有些作者选择了更轻松的方式，不再给杂志这样费时费力，性价比不高的地方写稿了，也有作者一直坚持了下来，从第一稿没办法看，到能把一个完全不行的稿子修改得脱胎换骨。

可是我不能给出一个励志的结局，如今的现状是写公众号的文章，连错别字都懒得改的人，自身经营得好像远比老老实实给杂志写稿的人要好。如果套用那篇公众号的理论，大概就是他们坐在火车上看着后者笑的场景吧。

但我唯一能保证的是，那些经过认真雕琢的文章，经过杂志的沉淀，会在人们的记忆中留存得更久。就像现在豆瓣的杂志小组，三年，五年，十年后，人们还能想起。

3

在旧路上徘徊的人，好像通常都有些懒。

比如我问过作者岑桑，为什么不去开公众号。这个经常一稿过审，长篇小说一本接着一本出的作者告诉我，她每次给杂志写稿都把自己当成是新人看待。她说，她只是在一条路上走惯了，在还能走下去的时候不想换。

比如我问作者章青定为什么不写微博，她说没有时间。但事实上，她写稿子的时间，自我否定和自我调整的时间，比一般作者要多两三倍。

她们在自己觉得重要的事情上勤奋，在觉得不紧迫的事情上懒惰。我有时会觉得有些可惜，但我没有立场劝导他们，因为我也是这样的人。

那些勤奋经营自己而不是经营作品的人，我羡慕他们前路无忧，但我不想成为他们。比起这些人，我像欣赏故宫里的修复师一样，欣赏还在走旧路的人。

这种懒惰，大概也是一种选择吧。

有时，我希望能有这么一块地方，能够逃离时代大潮的裹挟。就像故宫博物院的后院一样，推开门进去，有一群不计时间和成本的人，为一些也许过时的东西忙碌着，在这里能够保存它们的价值。也许是实物，也许是精神。

在我离开时政杂志社后，我给主编送过一个礼物，是我在去日本的飞机上买的ANA航空的一支纪念笔，可以转换蓝色、红色和铅笔三个笔芯，这也是主编最常用的三种颜色。我觉得没有人比他更适合这支笔了，便买下来寄给了他。他修改的稿子，是我编辑生涯中非常重要的记忆。

我记得他问过我，为什么会选择到杂志应聘。我说，报纸太快，书的周期又太长，只有杂志，不长不短，能够提醒我时间正在流走，适时唤醒我的存在感。

这个情形至今还历历在目。

我迷恋杂志的时间感，和这份时间感下的记忆。不长，不短，适时停留，适时沉淀。

也许，还有适时再见。

4

其实说起来，最先教会我告别的，其实就是杂志。

每到年末进行年终总结时，我都要进行一项工作：整理杂志。把订阅的杂志从第一期到第十二期按顺序放好，归回书架，便感觉可以安心和这一年道别了。

高中以前，是母亲给我订杂志。那时我一个月订七八本杂志，从《萌芽》到《作文通迅》，从《儿童文学》到《青年文摘》，从《童话大王》到《女报时尚》，这些杂志都寄到母亲学校的收发室，我每次跑过去，在一堆杂志里翻出在封底右下角用圆珠笔写一个“蒋”字的杂志，是我记忆中的快乐时刻。那时我就开始学会割舍，在每年删减更换要订的杂志时，选择性地说再见。

有两本杂志的告别让我记忆犹深。

一本是《童话大王》，我当时一点也不觉得郑渊洁一个人一个月写一本杂志有什么问题，皮皮鲁、鲁西西、罗克、罐头小人、人民币历险记，他的各种脑洞我都照单全收，包括他对素质教育的反感和对优等生的嘲讽。我还记得，杂志上最后一篇连载是《智齿》，讲人其实是因为长了智齿之后才变得有天赋的。主人公因为长了智齿变成了名作家，最后又因为拔掉智齿而变得平凡。失去了天赋的主人公怎么样了？此后十余年的时间里我都不知道结局，因为在下一年，郑渊洁决定将自己转型后的“成人童话”以书的形式出版，而《童话大王》这本杂志则重复刊登他的旧作。

我至今记得我收到下一年第一期《童话大王》时，那种惊讶又愤怒的感觉。他给读者的解释是，因为新的小读者们不一定看过他以前的作品，所以这样做是为了照顾不同年纪的读者。但对我来说，花钱订了新的一年的杂志，凭什么都是以前看过的东西？我那时猝不及防地感受到了成人世界的恬不知耻和文过饰非，这本杂志便以废纸的形式与我进行了相看两生厌的告别。

还有一本是《儿童文学》。那是我除了《女报时尚》之外最难割舍的杂志。我记得当时杂志的封底写着“适合0至99岁人群”，我就暗暗下决心，要将这本杂志订到老。

高中之后，我就没有再订过杂志，改为每次回家时在地下通道的杂志铺买。后来读大学，大学城的岛上交通超级不便，报刊亭也没有，我还是骑车到大学城南区的邮局订的。最终和它告别的时候，是我意识到，我桌上累积了十本杂志，我一本都没看过。那是一种强留不得的无奈，是一种自己往前走，把它留在身后的无疾而终。

但仍有一些东西是延续下来的，比如我通过《儿童文学》认识了李静睿，当年一篇《为了忘却的纪念》，让我念念不忘。后来我才发现我和她走了几乎一样的道路，先去时政杂志，跑两会，认知这世界深刻而复杂的样子，最后辞职，开始写一些自己想写的东西。这大概也是大多有杂志梦和写作梦的人最终的轨迹。当然，她比我走得更好，看到她终于出书时，我看到了梦想的另一种可能性。

也许，在奔三的年纪里，我可以用更缓慢的节奏向前走了。

转头来看，如果我在三年前没有入职《女报时尚》，其实我和它也将进行第二种告别。如今，我为它付出过，哭过，笑过，抱怨过，伤心过，放弃过，挣扎过，最后以自己的方式好好送它走，其实这个结局也并不算太坏了。

它最好的时候我不在，但我确实把我最好的时候给了它。这是一曲只有我听到的告别安可。

离职创伤综合征

1

我对春天的感觉非常复杂。因为这个季节总会让我想起数次离职的瞬间，真实的或情绪上的。离开，结束，新生，好像都在这个季节里。

记得在第一家杂志社的时候，单位门前有一个车站，错过班车的时候，我就在那里坐公交车回家。某个春天的一个傍晚，我在那里等车，突然刮来一阵大风，夹着落叶灰尘一起朝我脸上扑过来，我整个人被扫得灰头土脸的。我睁开眼后，眼前的车站被一片薄薄的黄色沙尘包裹，在这情境中，我突然感到了寂寥和绝望。

那天晚上回家，我写了一个小说的开头，叫《春沙》。

张小莫决定要夹起尾巴做人。

张小莫迟到，因为渴睡，初时会有惊惶，但慢慢也就习惯了。每天早上，在大风或日光里，过马路等待时总会迟疑，生活为何会被自己过得如此逼仄。

春天的潮湿，总是给人一种无力的绝望感，水泥地上，镜子上，玻璃上，到处都是氤氲的潮气。镜子里的自己，因为蒙了一层雾，像是光影魔术手的柔光效果，脸上的苍白便也看不太出来。

衰老的痕迹，如影随形。如春天的沙砾，消磨出黯然的神色。而成长的速度，却抵不上黯淡的速度。

不管从什么角度看，这都是一个泄气到家的故事开头。

二十岁刚出头的时候，好像非常容易对一成不变的生活感到恐慌。那种今年能看到明年是怎么样的生活，上升空间非常少，也不能给人一辈子的保障。那时我总觉得应该用时间的流逝换取些什么，资源、收入、成长或其他，但我总是被现实拖进惰性里。一方面觉得自己太懒惰，一方面回到家又觉得身体疲惫。

冬天，我用力和寒冷做斗争，提着一口气到春天化冻。新的一年，季节迎来了新的开端，但我的人生却没有。这大概是春天让人感觉寂寥的原因。

但也仅仅到此为止了。我有很多个小说的开头，那些没有结尾的故事里，女主角都叫张小莫。她是一个平凡到扔在人堆里都找不出的路人甲，我喜欢这份普通。取名字是我很不擅长的事，于是无数个平凡的张小莫，出现在我二十多岁时的片段中。

在那些未完成的小说里，还有一个女主角叫江南希。是广州地铁路线图给的灵感。鹭江、晓港、林和西、萧岗、江夏、黄边，都是好名字，足够我用到天荒地老。只可惜到我离开广州时，都未曾写完一篇小说。

我第一次想要离职，大概源于那个春天傍晚的绝望感。人有时候很奇怪的，你会记得的不是某个具体的事件或原因，而只是一种感觉。而且这个瞬间离真正辞职的时候也许相隔很久，但追溯的时候却能精准地想起这个不起眼的片断，在每一个春风吹过的时候想起来。

要再过两年，才知道那时的自己，远没有到可以用“绝望”这个词的时候。

2

人生中最绝望的春天，应该是从广州来深圳的第一个春天。

当时我在一家地产公司工作了三个月，被一家杂志社挖走，急急辞了职过去才发现是一家非常不正规的杂志社，工作环境非常可怕，最糟糕的时候，我甚至带着防狼喷雾在上班。

那家杂志社和地产公司离得不远，每天中午，在地产公司与我关系好的小实习生跑过来和我一起吃午饭，给我反馈公司的情况。我当时提离职的时候，大部门领导吃散伙饭时挽留了又挽留，最后非常温情地说：“要是新公司待不习惯，一个月内随时回来。”我把这句话当成了救命的稻草。

结果实习生告诉我的版本是，部门的人都希望我回去，但是和我谈离职的副总不答应。他认为我如果再有机会还是会回媒体，没有做好从媒体转型的决心。当时我写了一封信给那位副总，分析了传统媒体的形势，规划了个人职业，对辞职这个不成熟的决定表示悔过，写得情真意切，连我自己都觉得是真心。但也许是无路可走的姿态太明显，反而让人高看不起来。

那是一段非常卑微、泥泞、不堪回首的日子，那段时间，我开始对自己的仓促决定进行后悔和反思。

也是在那段时间，我了解到中国式家长的偏执。即使在这样可怕的工作环境下，我说想离开地产公司，我妈对我说得最多的是："再忍一忍，找到工作再辞职。"担心我找不到工作沦为家庭主妇，大过了工作的内容和追求。在家长眼里，"有工作"大概只是一个人生标配，有工作和没工作差别很大，但有了工作之后，你在经历什么，他们永远无法感同身受。

我在一个女编辑们被小面包车拉去KTV的下午，被吓到直接跑回家，结束了这一段短暂而魔幻的工作。我至今不愿仔细回想这段荒谬且难熬的日子，人生居然会在完全没有必要的情况下走到如此荒唐而逼仄的地步。

彼时我刚新婚，办完婚礼，自己尚有存款，嫁的人家小康富足，即使在找工作的时候，前一家杂志社也还在给我发稿费。在完全没有经济负担的情况下，我被家人催促着找工作，被现实逼着离开媒体，又被还能做杂志的诱惑仓促地跳了槽，在发现情况不对时，竟然又没有了立刻辞职的果断。

我远没有自己想象的坚定，我比我想象的还要软弱，也容易被别人的价值观禁锢。

如果有什么是这段泥泞的日子要提醒我不要忘却的，大概是心智的坚定，那些催促者和怂恿者，没有一个能分担我选择失误的痛苦。

3

我到女报杂志社时，是同一年的三月，仍旧是春天。

我没有什么求职经验可以谈，运气的成分更多一些。三四个月前投的简历，被部门领导又翻出来，面试的整个过程也非常随意。工作熟了之后，我问编辑部主任："三四个月前我投简历的时候，为什么没打电话？"主任说："那时看你文章写得不错，简历上贴的照片太显老了，我在想这个女的是有多大年纪了，后来实在缺人，想起来试试。"

那张穿粉色衣服的马尾素颜证件照，我再没用过。

杂志社外面的人行道旁，种的是木棉。木棉在三月开花，导致我对三月这个月份愈发印象深刻。

我来上班的第一天，部门的同事没有聚餐，编辑部的一个男孩请我吃了午饭，因为主任交待他带我熟悉一下环境。他请我在楼下吃了云南米线，结账的时候他说："我请你，虽然我比你小。"

这顿饭让他请客我感到非常不安，因为当时我还在等另一个面试的结果。第二天，我坚持回请他，聊了之后才知道，他正打算提离职，但编辑部另一个女孩先提了离职，出于情义他觉得不能接着提离职，于是忍了下来。后来的半年里，他有时会懊恼地说：“唉，让她抢在我前面提离职了。”

三月份出刊的是那一年的第四期杂志，那一期封面上，印着的专题名称是“我要辞职”四个大字。

专题是那个男孩策划的，当时一半以上的编辑都有辞职的心思，明目张胆地写出来，明目张胆地做专题，做出来还挺好看的。三月，离职月，春招季，应时应景，不知当时的领导有没有察觉。我当时觉得这份明目张胆有种吸引人的快感。

我和编辑部同事一起去吃的第二顿饭，记忆也很清晰。大家自发聚餐，三月的空气还凉着，一群人在树荫下分散地走着，小心翼翼地彼此试探工作的待遇、稿费、关系，多少听出了大家的抱怨和离意。

我们吃的是陶罐装的土豆饭，还有芋头饭可选，配的汤有猪肝汤和瘦肉汤，经济、便宜、实在。要排队才有座位，一行人在店门口支了两张桌子。有违停的车辆挤在巷子边，车来人往的，喧嚣又吵闹。结账的时候，因为大多数人没有零钱，所以一个同事付了所有的钱，其余人说着下次回请她，我却觉得不妥，下次又不是同一群人，又不知什么时候再聚餐，没由头地让别人请客，我心里过意不去。回去后，我还是把饭钱还给了那位同事。

吃完那顿饭之后，我回家又拉又吐，那样的聚餐之后也再没有过，我也再没有去过那家店。

4

我入职两周之后，送别了第一位同事。从那时起，我至少经历了十位同事的辞职。

辞职仿佛也是有破窗效应的。从最开始的长聊和依依惜别，到之后变成了冷静和麻木。最开始辞职的同事，总会得到主编的一番挽留，上演一下加薪、调岗、升职的戏码，于是留下的时间又多了一两个月。再后来，主编好像也习惯了，不再有挽留这个步骤，于是这离职的过程，便越发没有温情可言。

就算有什么不舍的，离职的过程大概也消磨了这些不舍。离职时，如果领了当年两百块开工红包的，要把这两百块钱还回去才给离职证明。提离职后，也没什么一个月的缓冲期可言，有一个同事是月底三十号提的辞职，行政让她干脆当天就走，免得到下个月多几天工资不好算。

我在杂志社的三年里，逐渐习惯这样的告别，但我一直不能习惯的，是每个人离开时给我内心带来的空洞。那些离职的理由我都还记得，充满了失望与无奈，而我知道那些都是真的。那种感觉像是在一艘将沉的大船上，同伴们一一离船，我是被留下的那一个。在告别时的祝福是真诚的，因为相比他们，自己的未来更加让人不安。

我印象最深刻的离职的同事有两个，一个是薇卡，一个是徐欢欢。她们都和我一样，曾是这本杂志的忠实读者，真心爱过这本杂志。

薇卡是我送别的第一位同事，也是我到《女报时尚》上班之前就通过杂志熟悉的编辑。她经历过《女报时尚》最后的辉煌时代，每周一天的轮休，宽松的上班制度，没有被缩减的稿费，编过被我念念不忘的作者的稿件。她走之前的最后一顿饭，是跟我在楼下的韩国饭馆吃的，相对于其他人的隐晦，她给我的忠告真诚明快。她是因为有梦想才走的人，没有给我留下太多抱怨。某种程度上，这安慰了我那时将定未定的心。因为她深切地知道，我心里理想和现实的纠缠。

徐欢欢则是我送别的最猝不及防的同事。她从跟我说决定离职，到办离职只用了四个小时。

对基层编辑来说，媒体的普遍情况有时让人觉得迷幻。基本工资勉强达到这个城市规定的最低工资水平，社保、公积金都是按最低标准交的，稿费占了大头，每一分都是自己一个字一个字码出来的，生病、请假、出游……一旦懈怠就没有收入的危机感一直悬在头上，当发现最后这一分微薄的保障都没有的时候，是足以让人很快下定决心离开的。

我还记得徐欢欢最后送审的一篇稿子，是作者章青定的《太阳照着1938年的墙》，一审意见不同常例地写着：写得很好！看得很爽！我喜欢！主编还回来的三审意见是：果然很好。要从主编那里得到“很好”这个词是多么难得，就像主编从前说的，稿子真的好的话，审稿意见“很好”两字足矣。然而没有人多关心一下，编出这样好的稿子的编辑的不正常的离职。

不知是不是因为离别来得太突然，这次离别在我心上留下了久久不平的裂隙。很久之后，我真正要和这本杂志告别的时候，徐欢欢给我发来了她在网上看到的一段话：“大张旗鼓的离开其实都是试探，真正的离开是没有告别的，从来扯着嗓门喊着要走的人，都是最后自己把摔了一地的玻璃碎片，闷头弯腰一片一片拾了起来。而真正想离开的人，只是挑了一个风和日丽的下午，裹了件最常穿的大衣，出了门，然后就再也没有回来过。”

真正的离开是没有告别的。没有送别式，没有铺陈，没有依依惜别，只是干净的，离别。

5

大概是从那时起，我非常不喜欢情怀这个词。不谈待遇，不谈保障，每个月连工资条的明细都没有，却要谈责任，谈付出，谈理想。

编辑大概就是这样，为着心中的一点追求，还要把光亮给别人看。那火苗被踩踏了又踩踏，于疲惫之后再生疲惫，最后从外面不知哪里生出一丝风，吹起发现还没灭的那一点火光。

停刊前最后一期杂志下印的当天，办公室只剩我和美编。编辑部主任那时生完二胎有哺乳假，每天四点半准时走出办公室，无论当天是出刊、发排还是下印，从无例外。我把我的稿子整理完后，美编告诉我，还没有比红，有些稿子还没有三校。于是我又坐下来，把本该他人做的比红和三校做了。主任编的稿子里，小说男主角名字里有生僻字，排出来是一个个未知方块，从头至尾，到三校都没发现。我检查出来后，有一丝庆幸。

再想起这些，我总有些后怕，怎么就能笃定我最后会做这些事呢？要是我也不管不顾地走了呢？同事听了笑了一声：“就是吃定你放不下。”

情怀到最后，会变成自己的软肋。

后来我听说北京的一本杂志停刊了，是我近两年每期都会买的杂志。有认得的朋友给我讲他们离职时，连赔偿都没有给，就拖着不发工资，变相劝退，也没有人去劳动局告，因为大家都在一个圈子里，撕不破这个脸皮。要一点文人脸面的人真是惨，心里想着要守住自己的底线，待争取权益时又觉得自己拉不下脸。再看看微博上停刊消息下表达留恋和不舍的评论，一如我们当时，伤感美好怀念之后，是现实中难堪的样子。

我离职的时候，场面也是不好看的。等赔偿的时候，主编说，要是她，宁愿干干净净地走，不愿在泥里滚。我终究是滚了一遭。发不出稿费和工资时，是当年六月份，出最后一期杂志时，是当年十一月，最后签离职协议赔偿到账时，是第二年的三月底。非常巧合的，又是一个有着泥泞回忆的春天。

我最后一次走出女报杂志社那栋楼时，看到人行道旁的木棉树，突然想起前一年的三月木棉花开时，我从树下走过时有一朵木棉砸到头上，轻巧的，又有一点分量的一击。以后的春天，我再也不会经过这条有木棉花的人行道了，这大概是最后的一点怅然，其余全是解脱。

6

经过了沉船的人，大概总是有些创伤后遗症的。尽管有惊无险，但在身上还是留下了劫后余生的痕迹。

我还算幸运，接受了主编给的在出版社工作的邀约，跳过了再次找工作的过程，几乎没受什么苦。但我至今仍然觉得无论是离职还是求职，过程都让人煎熬和害怕。我不太喜欢看职场故事，因为那些中规中矩的公司经验对于我来说都不太适合。辞职的媒体人，好像是一个特殊的游离在职场外的群体，在离开之后总会有一种难以言喻的失落感。无论是去公司做高层的前辈，还是找到高薪工作的小朋友，有时向他们约稿，聊到深处他们还是会说："真羡慕你，工作还是在写东西，还在这个行业里。"

并不是我比她们更坚定，而是我之前走过那一遭，明白这种失落，对这种失落带来的后果感到后怕。也有奔着企业年薪五十万去的前同事，对不再能写东西没有任何失落。不是不羡慕这样的人，但我知道，我永远没法成为这样的人。

之前和二十七八岁的两个闺密聊天，她们说每天没有一早醒来为要做的事感到兴奋，没有成长，没有未来，做的不是自己喜欢的事。可她们的职场在我看来都已经很成功了，有很高的收入，稳定的升职，走出去比虚长年纪的我要有底气得多。但在那时，我好像能说，我一直在做着我想做的事，至少在很近的地方。

这并不是什么值得骄傲的事，我好像在不知不觉的时候，就已经接受了自己是一个职场上的失败者这件事。我的能力，我的学历，并没有换来理想中的收入。之前看到豆瓣首页在集体回忆自己的二十三岁，大多是在谈论那时的年轻，那时的穷，那时的窘迫，经济上的不自由。我想了想自己的二十三岁，单从收入来看是比现在还多的，无法进行这种忆苦思甜。

我用两三年时间，习惯了这种人生的不进则退，但有时还是会有刺痛。最近一次是我想办去日本的签证，心血来潮想办三年多次签，需要年薪二十万或等值的交税证明。家属问中介："我达到了，她没有，可以办吗？"在需要一些资产证明的时候，我会非常清晰地意识到，作为个体的不安全感。

我没有那些一边上班一边写作的作者的毅力，也没有辞职去专职写作的勇气。只能停在这个还算近的地方，以外力推动着自己去做一些自己想做的事。在积极和懒惰之间，懒惰的生活让我更快乐。我一开始以为是毅力问题，后来我渐渐觉得是体质问题。我是那种从小把"努力"写在每一页日记本上的人，但懒惰的生活，真的是我的理想，不管我承不承认，每个人快乐的方式好像终究不同。

只有回头望时，才知道自己走了多远。

我一直也在想，如果留在广州，留在那个收入很高的杂志社，如今的我会过着什么样的生活。会去广州其他的媒体，还是继续过着无忧的生活？最近我刚好在约作者出书，又和之前的老领导联系上了，那里的新编辑给我发了最新的电子版样刊，在打开的那一刻，我突然就意识到，我走出来之后，自己的文字变化了多少，我所能写的东西又拓宽了多少。

就算是随波逐流，就算只有模糊的方向，我好像还是漂到了更远的地方，没有分岔水道，没有回流。

人生后悔的节点是很奇妙的。当你确认了某个节点不值得后悔时，人生好像就在意念里向前迈了步。那个五年前春天的傍晚，那一刻的愁绪，我现在回想起来觉得有些温情和浪漫，那是新鲜的，不知世事的，仅凭直觉的感知，之后可能再也不会有这样因为情绪就确定离意的时刻。

最难过的那个春天里，我把微信签名改成了“忧愁畏怖，自有尽时”。这个微信签名至今仍未改过，在每一个春季，每一轮四季安慰着我。好在，又一个春天已经结束了。

不 是 为 了 更 好 ，
而 是 为 了 避 开 最 坏 的 明 天

做杂志的人，时间过得总是要比别人早一两个月的。以前出月刊时是这样，如今出双月刊时还是这样。出完一年的最后一期杂志，等看完彩纸和蓝样，印出样刊，我的一年在纸面上就算过完了。

以前一摞十二本杂志，今年只有六本，也不算单薄。我喜欢杂志，因为每到一年快过完时，就算心里对时间的飞逝毫无实感，就算日记里有大片大片的空白，面前这一摞杂志也能清清楚楚地回答自己这一年都做了什么。但今年的这种恍惚感，好像比工作后任何一年都要强烈。

并不是对这一年的具体内容没有概念，相反，这一年的变化在感官上特别清晰。

1

最近去体检，我保持了近三十年的5.2的视力，一下子降到了4.8。医生在透着白光的板子上敲那个最大的符号的时候，眼前的模糊让人有种无力又惊恐的感觉。体检回来之后，我开始每天都做眼保健操，热敷，写稿写到一半去打水时，便对着窗看看外面的风景。一远一近，一远一近，不停地变换焦点，每次把眼光放远时，便能看到些更多的细节。对面小区栏杆上挂的红底白字横幅，远处建筑上的LED屏幕，还有更远处大楼上的招牌，每多认出更远的几个字，心里便会有愉悦感。

深圳街道绿化做得实在是好，街区道路上是起伏的绿荫，绵延以十字的形状填进街区的空隙中。从楼上望下去，小花园和街边树连成一片，颇有点小森林的感觉。只是我来这里大半年了，一街之隔的绿荫处是哪里都还没弄清楚，对自己习惯的区域和路线之外的地方，好像半步都没有探索的兴趣。

办公室内部的舒适度也很好。我刚来的时候，首先被办公室的宽敞明亮所感动，光线非常好，打开窗子站在窗前吹吹风看看景，不用上天台就能透气。来的道路比旧单位要顺畅，少了几个红灯，所以早上也可以多睡几分钟。中午放饭的时间比旧单位早半小时，下班的时间也提前了十分钟。要知道下班高峰期的时候，晚五分钟和早五分钟就是完全不同的路况。

但外部环境比想象中易变。深圳全城在修地铁，滨海大道和深南大道常走的两条道都因为封路改了，我花了三四天才知道怎么绕路去上班。刚改上班路线的那两天，我走到封路口，有种失去方向的惶恐。然后开某大会前，行政突然通知上班时间从九点改到八点半，中午休息时间往后延半小时。刚通知时，大家拼命说不可能，住得远的员工六点多就要起来，早上少睡半小时的感觉简直要命，但一周之后，大家好像都认命了。

于是只剩下那一扇明亮的窗还存留着。明亮和通风带来的，是冬凉夏热的室内环境。天冷时，办公室内要比走廊冷一两度，天热相反。三月的第一天，室内并不十分冷的时候，我穿了一件粉红色的海马毛毛衣，在办公室冻得直哆嗦，上班第一周就感冒了。之后我便在办公室备了一件衣服。

2

无论什么环境，都存在适应的阶段，虽然在别人看来我这一年已无缝连接地进入了新工作。

我来之前几个月便已开始给这本新杂志写人物稿和书评，省去了磨合的过程，过来之后采的人物稿都很拿得出手。前同事不免问我怎么能采到这么多名人，我仔细想了下，好像确实来了新杂志之后，约采访一直都很顺利。双月刊准备的时间比月刊充裕，杂志品质也上佳。自己写的稿子印在昂贵的特种纸上的感觉，比之前的杂志为了节省成本用的铜版纸感觉好太多了。栏目的版面给得也大方，和被采访者聊的都是严肃话题，采起来愉快，写起来也愉快。

能如此顺利的很大原因，也许是被采访者给书和阅读的面子。绿妖、阿来、韩松落……但凡采作家时，我介绍这是一本以书为中心的杂志，对方的第一句话都是：现在能做一本专门关于书的杂志不容易啊。书生存艰难，杂志生存艰难，关于书的杂志更艰难，作家对濒危事物的好感和责任感，让我借了光。

不只是作者，阅读这件事在普通人这里好像也自带光环。

书和杂志都是这样，从一个角度来看很廉价，从另一个角度看又很贵重。这些年来，纸媒的自矜和自傲都已消磨得差不多了，我不喜欢被虚无的价值绑架，也不喜欢用这一点去说服别人，但我对尊重这价值的人存有感动之心。

3

有天看到豆瓣有一个话题：完全不考虑收入和地位的话，你想从事什么工作？我当时想了一下，我想做的事一直都没有变过。我很早时在日记里写的心愿就是：希望在靠海的地方生活，有一份稳定的工作。有足够的空闲，足以让我安心写作。似乎在我的意识中，工作一直处于陪衬的地位，只要能写作，工作是什么并不太重要。

当然长大后知道这很不现实，光是工作本身，就足够让人费尽心力了，我是做不到一心两用的。

之前约我写公众号稿件的编辑妹子，聊天时她突然问了我一句："当你自己的世界观不断完善后，有没有一些东西从小到大从来没有变过？"

我想了一下，我不变的东西真的挺多。这种不变，并不是刻意为之，而是如一叶扁舟在生活的河流上随波逐流中，某一天忽然回头一望，发现了自己很久前在舟上刻的记号，顺着它探手摸下去，还真能摸到一颗吊着的小彩石。

当然，也有可能是我身处的这条河，本来就又窄又平静。

一次周末，我在家把韩剧《今生是第一次》一口气看了八集。这部剧我之前试图看过一次，看到女主角年年许的生日愿望都是“请让我成为一个伟大的作家（编剧，韩语直译是作家）”时，马上就关掉了。

我不是那么敢看主角是写作者的剧，因为太容易让人联想到我的现实情况。前年追日剧《代笔作家》，每一集都让我焦虑，比如我会想，我自己的稿子还没写，快截稿了怎么办？这个稿子应该怎么写啊？创作应该是什么样的？想写的应该是什么？为什么我还坐在这里看剧？这些问题导致我根本没有办法静心看下去。每次出完刊，趁刚累完可以无愧休息的时候，我才会把屯着的几集剧补一遍，这样才追完一部剧。

《今生是第一次》带给我的现实感也很强。女主角是首尔大学毕业的高材生，她的人生明明可以有其他选择，但她到三十岁时还是高不成低不就，很大的原因是因为她的梦想。

不能说选错，只能说认命。爱好如性向一般，有些事不由自主——我到现在已经有了这样的认知。

横向的比较不是没有过，这种惶恐感从大学时选了专业之后就明显起来。我初中的时候，以全校第一名考上高中，高中以全班第一的成绩走到文理分科，进中山大学的高考分在录取名单上排在我们省第二，大学第一年以全系第一拿了奖学金，之后四年成绩最差也是全系第四，研究生毕业时平均绩点是4.0。虽然比起剧中女主角的学霸级别差了一大截，但要说起来，我硬要去走另外的路，也不是无路可走。

4

如剧中的女主角一样，同学聚会时的失落感我也有。这和收入有关系，但如果不和旁人比较，我的生活于金钱上并不紧张，从未落入过和女主角一般的困窘之境。更感到失落的，也许是旁人眼里的落差感。

我读研究生时，有去了一家大公司工作的同学回母校吃饭，按照惯例，在校生要接待校友吃饭。三四个人的小聚，说话也便随意，大家聊起找工作的近况，那位同学指着我说："你要有点紧张感了，你现在出去找工作和年轻小姑娘们比起来已经没有竞争力了，我要是面试官，我更愿意要年轻有冲劲的小姑娘。"言下之意，让我不要那样挑剔。

这是不怎么熟的人。熟的同学，说起话来更戳心。

还在广州时，高中相熟的同学来玩，是很亲近的朋友，高中时打趣认的"侄子"。只有年少的时候，会有这种无趣又混乱的关系，一群人还觉得特有意思。在广州见面时，他已经在大公司做会计了，年薪颇丰。我们互相吐了一下工作时的苦水，又讲到高中生活，与现实一对照，他突然对我说了一句："这都毕业几年了，你该不会还沉浸在过去的光辉中吧？"

我当时愣了好几秒，虽然不觉得自己有这样的意思，但还是有被看破的恼怒。我虽然现在过得也不算差，但的确，比起年少时的"成就"，难免有失败感。年少时越是风光，成年后落差感便越重。

5

有时我甚至担心，自己大概会成为“读书无用论”的例子。

这样的微妙的时刻是很多的。刚到深圳时，去杂志社面试，基本工资不到两千元，行政部主任拿着我的简历对照着工资标准一级一级往上加——研究生加一级，有几年工作经验加一级。她加了好几次，最后一算，研究生学历的基本工资只多了八十元。

写字的人，不能比较金钱，一比较就容易觉得受到了羞辱。深圳的夏天热，新闻上说“务必保证各行各业最低工资”，还要加清凉补贴。我一算，自己连最低工资都达不到。

“你之前有没有在媒体待过？媒体工资都是这样的。”面试时，主任不好意思先提工资，先问了一句，再说这是媒体通例。那时，我的收入大部分靠发稿量，平日里不觉得，但一遇到请假生病，一刻都缓不得。

包括最近，准备出国旅行，开在职证明和流水。我的稿费是分了好几张银行卡收的，于是流水上工资便少了一半，被旅行社打回来，说在职证明上工资和流水上对不上。我照着实际工资开，看着那张盖着红章的纸，让我忍不住心里一凉。

写作的人，沉不住气是不行的，不然经历不了这些心寒的时刻。就像《今生是第一次》中，女主角被赶出来，走在隧道中的那段台词：

当我下定决心为了梦想奋斗的时候，我以为我的人生就是要独自走过这黑暗的隧道，但也没想到会是这么黑暗，也没想到会是这么孤单。

这样的时刻，在未来一定会比你预想的要更多，更难过，更无助。

但于我而言，越到后来，对未来的凄惶感反而减少了。经历过一次杂志停刊，悬着的那只拖鞋已经掉过一次，反而不怎么害怕了。也许正如剧中所说：当然我的人生也不会变得更好，有可能我们不是为了更好的明天，是为了避开最坏的明天而活着。

悠长假期与命运的长假

1

作为一个日剧迷，我迟迟没有看《悠长假期》，大概和它的名台词有关。

“人生不如意的时候，是上帝给的长假，这个时候应该好好享受假期。突然有一天假期结束，时来运转，人生才是真正开始了。”

这是有多可怜？非要到不如意的时候才能休一个长假，才能好好享受假期，简直是悲惨到让人心疼的地步。

我对假期的奢求，从一开始工作就有了。大学时就去了报社、杂志社、出版社实习了一圈的我，对媒体有一个固执的认识：媒体工作的时间非常自由。大三时，我去《花溪》在广州的编辑部实习，带我的编辑老师直接告诉我："你每天下午一点之后再来，早上我们这里一般没人。"毕业后，先我一步去北京媒体工作的好友，也过上了每天下午一点钟才去杂志社上班的生活。于是我早早就把每天下午去上班，当成了在杂志社工作的常态。

当我进入第一家杂志社，得知要准点坐班的时候，内心几乎是崩溃的。杂志社旁边就是南方报业集团，在那里工作的记者一周只去公司开一次会，其余时间都很自由。我和广州各大媒体的同行一起参加活动，结束后我说下午要回单位，也总是会被他们笑："你们还要坐班呀。"

坐班不是媒体的常态，非常态的我，觉得无奈又不安。

说实在的，比起其他工作，我们的坐班已经算清闲了，每天上午九点半上班，下午五点半准时走人，中午还有两个半小时的休息时间。但比起我所知的媒体的生活，仍然少了些自由。我在北京的同学做周刊，每周三下印，周四出刊。每周四的下午，她都会慢悠悠晃到后海去看垂柳，逛庭院，顺便吃个下午茶。

媒体人的自由是用无数个晚上熬夜写稿换来的，而我的熬夜，只能换来看似轻松的坐班生活，换不来这种自由。

遇到休假的时候，这种矛盾会更明显。中国式的假期，数量少而质量差，避开公休的假期才叫假期：机票打折，住宿任挑，景色独属，好像经济能力都上升了几个层次。我的媒体朋友们大多都在这样的自由下玩得风生水起，看比别人好的景色，花比别人更少的钱。这种时候，不快乐的根本原因，不是因为工资不够高，而是因为"真正"的假期不够多。

让人感到身心放松的闲适，其实不用多，一个别人都上班而自己在闲逛的下午就够了。

2

因为假期不够而离职的，我第一家杂志社的一位同事算是一个。

那时的主编并不算吝啬假期的人，但他不喜欢大家分开休假，所以我们没有自由可调的年假，而是统一放假。在过年或五一的时候，大家集体一次把年假休完。

但总有不能提前规划的时候。据小道消息，那位同事离职的导火索，是她学车的时候领导不给批假。最后离职时，她的理由是更想做记者到处跑，而不是一天到晚坐在办公室里。然后她去了南方系的一家杂志社，过上了不用坐班的生活。

我直到快离职时，才享受到这种属于媒体的自由。当时因为结婚要换城市，而杂志社一时又招不到合适的人，于是杂志社和我说好，一个月回广州一次开报题会，其余时间在深圳编稿。这样的工作方式持续了半年，稿费和工资一分都没有少。因为这件事，我对老主编一直有感激之情。

那半年大概是我人生中最自由的时光，不用早起，不用上班，也不用担心收入。每天睡到自然醒，中午慢悠悠地看一集电视剧，下午编几篇稿子。人生中居然拥有了这么漫长的一次假期，堪称奇迹。

但在这漫长的半年中，我一次长途旅行都没有过。如今回忆起来，我都觉得惋惜和不甘心。我当时的任务是筹备婚礼和装修房子，说是管装修，其实只是在购买时给意见，可我也不敢放手跑掉。新工作也还没着落，一堆未知在前面等着，终究不能太理直气壮。

我还记得当时在追的日剧是《裸夏恋人》，香里奈演的女主角在婚礼上遭遇男友逃婚，在之前，她为了结婚辞掉了高级饭店主厨的工作。婚礼结束，她既没了爱人，又没了工作，人生一下子陷入谷底。山下智久演的男主角是婚礼上的摄影师，因为照相馆老板催促，他便把婚礼上的照片寄给女主角，要求她支付照片钱。同时，他所在的小镇上的海边餐厅，因为女店长怀孕，需要一位厨师来帮他们度过这个夏天，于是男主角邀请女主角来店里帮忙。

这部剧中的女主角刚好遇到了《悠长假期》中所说的人生不如意的时候。阳光、沙滩、海浪、美好的胴体，这一份兼职就是上帝给的长假。那时同样正在经历人生中第一个漫长假期的我，在最初闲散的愉悦后，内心渐渐惶惶不安起来。面对空白而无事可做的白天，我好像只有每周等这部剧更新的时候，才是难得的内心平静而专注的时刻。

因为空闲而显得特别炎热的夏天午后，我在橙黄色的床单上放上橘子味的果冻，坐在暂住的小阁楼的床上看刚下载好的剧集。户田惠梨香演的角色坐在海边夜色下的海滩上，海风吹起她单薄消瘦的衣衫；山下智久演的男主角每天骑着自行车经过大大的广告牌，长度刚好的短发在风中扬起来；香里奈演的女主角穿着八十块一件的背心T恤，露出好看的手臂肌肉，在海边简陋的饭店里炒海鲜饭……那个夏天的海边，给正暗恋或正失恋的人提供了一个暂时栖息的地方，包括那些配角们。比如找不到工作的小模特，饱读诗书却只能留在小镇开租碟店的青年……他们全部聚集在了一起，准备度过人生中这段想逃避的时光。

剧集每周更新一集，我从盛夏追到初秋。看到后半段，在我以为剧情因为三角恋又要走上俗套的时候，剧中的人物们却一个个都找到了自己的救赎。

女主角回到东京，在新餐厅重新开始了自己的厨师事业；男主角走出了上一段恋情的阴影，也去东京开始摄影工作；有着电影梦的青年，找不到工作的小模特，也都重新开始了新的生活。夏日的海边终究只是人生的一站而已。

3

看到剧中的他们开始人生新阶段的时候，我突然也有一种我的人生走上了正轨的感觉。

人生的长假，好像不一定是为了肆意玩耍和享受，而是只要让自己停下来，有一段这样的时光包容自己的懦弱和脆弱，直到自己准备好，积攒好勇气，再一鼓作气地走上人生的下一个阶段。

终究，工作成为了所有烦恼的解药，当我们努力工作，实现梦想的时候，就连关于爱情的烦恼都会迎刃而解：它让人丢掉自卑，更加自信。但之前的那段夏日海边生活依然重要，如果没有那段时光，我们无法拥有一颗足够迎向新生活的心。

明白自己需要这样的一段时光，比担心光阴的流逝要重要得多。

我的人生终于走上正轨，是这一年冬天过完，第二年开春的时候。现在想想，如果能安安心心地度过不坐班又拿工资的那段时光，说不定这段假期在我人生中的意义会更丰富一些。

夏天刚过完，我就在家长的催促下急急忙忙地开始找工作。家长们生怕我就此待在家里，再也不愿出去工作。而我也第一次体会到找工作的艰难，最后甚至不得不放弃媒体，先去了一家地产公司做内刊。

离开媒体之后，我才知道以前的上班时间有多悠闲。新的公司朝九晚六，中午只有半小时午饭的时间。部门领导就在身后坐着，观察着员工在电脑屏幕前的每一个动作。稍一走神，旁边同事经过时就会半开玩笑半认真地问你："你工作量不饱和吗？"

这个公司的内刊在二十世纪九十年代是行业内的顶尖刊物，这也是我愿意经过六道面试过关斩将地付出的原因。然而就在我入职不到两周的时候，在一次改版会上，老板在讨论改版方案时，毫无预兆地说了一句："干脆这本杂志不做了吧。"

会议结束后，我跟着部门的人一起出办公室，没有一个人对一本杂志就这样结束表示遗憾。我觉得应该讨论一下我们未来的工作，主编的回答是："你只是这个公司的一个小螺丝钉，对老板来说没这么重要。"

在第一家杂志社时，我的主编和主任从来没有说过"你没那么重要"这样的话。从我接手工作的第一天起，主编告诉我的就是："你很重要。杂志三分之一的版面交给你，如果你不能完成，杂志就会空窗。"

这时，我才重新思考在媒体工作的"自由"。

编辑的职责是什么？交给你的版面，不管多有名的作者，稿子的修改意见由你提出，文章最后的效果由你保证——只有这样，才可以让作者尊敬地喊你一声“编辑老师”。

你很重要。这是压力，也是信任，更是对一个人和其独立人格的尊重。

我又想起在第一家杂志社迟到时，被主任教育的场景。他说：“我知道其他媒体是不用坐班的，但我们情况特殊，既然有这样的规定，大家就要配合遵守。”哪怕在需要遵守组织规定的时候，都没有人被看成是一颗不重要的螺丝钉。每个编辑都是值得尊重的个体，每个编辑的独立思想对杂志来说都很可贵，没有哪种意志比另一种更优越。遇到问题可以争论，可以生气，可以拍桌子讨论，但没有哪一次会漠视你的意见——这是媒体人的价值观和思维方式。

我终于明白，我离不开的，不只是杂志这个载体，也不只是它宽松的工作时间，而是这份工作在精神上给予一个人的自由和尊重。

4

经过一系列的波折，在来年开春的时候，我终于来到了心仪的杂志社工作。

我依然没有享受到不坐班的特权，在面试时听到“一个月有十分钟的迟到配额，配额没了之后，迟到一分钟罚两百块”时感到不可思议。而之前传说中的每周只上四天班的福利，也刚好在我来的时候取消了。假期非常吝啬，比起第一家杂志社的自由度更低。

尽管假期少，但好在基本工资极低，就算请假也扣不了多少钱。只要安排好自己的时间，主编的批假还算顺利。只是编辑部主任的处事方式颇让人不懂，每次提前一两个月请好假，都是一句“你做完你的工作就可以走”，但到了临走时，又说并没有答应给假期。每次不到要走之前，根本不知道这次旅行能否成行，而提前订好的机票，都要提心吊胆地担心会浪费。

现在想起来，我在这份工作的三年间，旅行次数并没有减少，但每次去之前的战战兢兢，很大程度抵消了对旅行的期待。

我最后一次的请假旅行是去巴厘岛，那时是我们发不出工资的第一个月，我还记得我在巴厘岛的免税店里，反复查着没有入账的银行卡信息，各色当地特产在我面前似乎都黯然失色。并不是没有足够的存款，而是这种征兆预示的未来，不得不让人收敛自己的购物欲。

果然，后来我又迎来了一次上帝给的假期——杂志停刊。遣散员工，等待赔偿的这段时间，我过了三个月没有工作却又必须打卡的日子。如果未来可以预知，那我应该洒脱一点，请一个长假去玩，等着事情最后给出一个结果。但我还是没有那么洒脱，只好谨慎地观望着事态的发展，纠缠在悬而未决的情势之中。

在等待的时间里，我给其他杂志写外稿，赚外快来维持收入。为了给一本美食杂志写一篇拉面的文章，我终于把久负盛名的《悠长假期》找来看了。剧中，山口智子穿着和服配木屐奔跑过来。她和安慰了我的《裸夏恋人》的女主角一样，同样是遭遇爱人逃婚的女子，失去爱人，失去工作，进入人生低谷，然后我听到了那句名台词：

“人生不如意的时候，是上帝给的长假，这个时候应该好好享受假期。突然有一天假期结束，时来运转，人生才是真正开始了。”

我在那一刻突然明白过来，不是命运让你有了一个长假，而是在这样的命运面前，你要有享受假期的心态。

我曾有过两个这样的长假，却没有好好享受。我终于明白这句话的可贵之处，享受这样的假期，并不是那么容易的——你要放下对不确定的未来的忐忑，要承受外人对你的同情或批判，要克服自己不想开始新生活的颓废感。

能够享受这样的假期的人，一定是内心足够强大的。他要坚定地知道这段光阴于自己的意义：它不会遥遥无期，它必将会结束，而在结束的那一天，我就将开始新的人生。

写作的黑洞

1

写作的黑洞，常常出现在截稿日将至的时候。

紧迫感让人有干涸的感觉。最近一次写作的黑洞，出现在上月末的一个周五晚上，本来是一周中最放松的一天，我枯坐了一晚，对自己感到愤怒，不知是因为写不出，还是因为浪费了这一晚。

但同时，不到近截稿日的时候，自己是不会提笔的。太有压力和太没有压力，都让人写不出东西。只不过后者不会让自己感到暴躁，对自己、对别人都产生怨气。

我做编辑时，会给手上的作者分类：按时交稿的，到交稿时间会拖两天的，会放鸽子的。我自己身为作者时，属于第二种，快到截稿日期再提笔，然后晚一两天交稿。在编辑可容忍的范围内，大家有着心照不宣的默契。对总是晚两天交稿的人，编辑会把截稿期往前说两天，最后在磨合中相安无事。

每个月都把自己逼上绝境一次的感觉并不好受。我往往在懊丧中动笔，写到文章的中后段会开始有叙述的欲望，最后结尾时才全身舒畅起来。但若是等不到结局，这懊丧便会一直持续。有时下决心写完，并不是因为想写，而是想要结束这一种糟糕的感觉。

2

真正写不出来东西的时候，对我来说其实是极少的。正因为少，所以偶尔遇到，才觉得可怕。

那种时候，时间流逝是相当快的。注意力非常容易被别的事物吸引，打开文档，打开豆瓣，打开小组，无目的地点着话题，一早上就过了。看着写了一半的文档和浏览的历史记录，才反应过来自己不知什么时候被转移了注意力。这样蹉跎时间，比纯粹的娱乐还要不值得。这时消磨的每一天，都是截稿日前要紧的每一天。

写人物稿，不存在写不出来的时候，更多的时候是自己在耍脾气。翻出之前做好的功课和整理好的录音，要写的东西其实在心里已经写得差不多了，真写起来也很快，大多时候心里并不是很慌。

真正慌的时候，我会去转一转锦鲤，几乎都是在求出刊顺利。明明写稿的是自己，却需要借一点外物的力量。我平时不是爱许愿的人，人开始求助神秘力量了，往往是到了最无助的时候。

杂志变成双月刊后，我转锦鲤的次数变少了。最近的一次是八月末，我怠工到无可救药了，给别的杂志的稿和自己杂志要做的专题叠在一起，周末对着电脑一篇都没写出来。杂志最后发稿前两天，我转了条锦鲤，一下子写完了一万七千字。

写完一万七千字后，我整个人像被吸干了一样，神经性地手肘疼，接连几天看电脑屏幕都眼晕。接着就是先前答应写的一个公众号的稿子，说是忙完了杂志再写，真的忙完时，自己已非常疲惫。小编提前了四五天就开始催稿，我没忍住发了一点脾气。

中秋的时候，我们见了一面，她是个很乖巧的女孩子。我心里过意不去，后来给的两篇稿都比说好的早了半天给她，发过去往往已经是半夜。

3

我已经很久没有熬夜写稿的习惯了，可能的话尽量不在晚上写稿，最近却老是破例。

不在晚上写稿，是在《女报时尚》工作时，主编杨小果让我们硬改过来的习惯。刚工作几年的文学青年都说自己在夜深人静时写稿才有灵感，白天写不出稿，习惯熬夜写。杨小果让我们一定要调过来，白天写稿，晚上才能有自己的生活。我调整了很久，结果是白天晚上都写不出稿子，最后才养成了早上写稿的习惯。

后来是因为自己严重的失眠。有作者晚上不写稿，不然思维兴奋起来，就更不容易睡着。我写大文章时，总是要过夜，因为晚上睡觉时会把思路过一遍。有时晚上抓到一个开头，第二天马上就能写。但如果一篇文章写太久，那段时间晚上的睡眠就不太好，不敢放空，不敢做梦。

熬了夜还写不出来就是灾难了。晚上的时间不比白天，浪费的都是自己的私人时间，会特别有失败感。

对于不喜欢写提纲的人来说，写作的时机是微妙的。早上写的东西和晚上写的也许就不一样，所有素材被杂乱地丢在脑子里，你不知道有写作冲动的这一刻，想写而未写的东西是什么。

我不愿意和别人说这些，是因为没有编辑喜欢这样的作者——我作为编辑的时候，就不喜欢听作者说写东西不写提纲——除非是已经有数次成熟的作品在前，我只会把这当成是那人写不出好文章的原因。我不愿给别人这样判断自己的机会。

我做编辑的时候，眼光是快而毒的，一篇文章好不好，哪里要改，有没有改的必要，作者天分资质如何，分分钟就有判断，对自己反而下不了这个手。现在我做编辑收的稿急剧减少，留下的都是有天分又勤奋的作者。我们平日里常常聊天，写稿的间隙里聊，写不出稿时也聊，到最后也不知是谁依赖谁。

最近常出现的情况是，白天很想写的命题，我写了一两千字，到下班被打断后，回家做个饭，吃饭喝足之后，再看回去，便觉得没什么好写的，于是电脑里未完成的文档越来越多。

而所有未完结的失败感，逐渐聚集在一起，也会成为写作的黑洞。浪费的时间和浪费的文字凑在一起，是一种白费精力的无力感。

4

比较致命的一点是，我对自己写的东西没什么耐心。我的朋友兔草说这是双子座的弱点。

我写作的冲动仅仅只是冲动，持续的时间非常短。饿了、困了、想去洗手间，都可以轻易地打断这股冲动。除了答应一定要交的约稿外，我兴起写的东西如果在一个下午或一早上这样完整的时间里写不完，通常就写不完了，甚至我还会怀疑起写它的意义。

我无法长久地喜欢那些只完成了一半的小说里的男主角和女主角。没有兴趣去写不喜欢的角色，作家路内说这是因为没有受过写作训练的缘故。

每采访完一个作者，我都会在那个月想着他说的话。写进稿子里的，没写进稿子里的，他们写作的状态和教给我的一点东西，都是不成体系的写作课。比起技巧，我更喜欢观察他们写作的状态，写作的野心，写作的焦虑，能从中找到一些让自己心志坚定的东西。

因为难过和好奇，我最近常常翻看以前的东西。旧时光，回忆和阅读，都是摆脱写作黑洞的利器。

找以前写的论文的那天晚上，房间常用的灯带坏了，我开了新买的顶灯。找完之后眼睛突然剧烈地疼痛，带着头也疼起来。那一刻我突然什么也不想了，只想要停止这疼痛。发呆和消磨日子，都比那一刻的疼痛要好过。

我慌忙找了穴道按揉，一边祈祷一边等待着疼痛结束。疼痛缓解的那一刻，我什么想法都没有了。

写作的黑洞要如何摆脱呢？似乎越挣扎，越难以摆脱。

5

2008年，我看过宫崎葵演的一部电影《丈夫得了抑郁症》。不恰当地说，从那以后我好像一直在用里面说的抑郁症患者的治疗方式在生活：不努力也可以的，保持完好才有意义。

我没有办法不写字，但我也不想逼迫自己写字。身体总在提醒我，我比想象的还要更脆弱一点。

房间的顶灯坏掉之后，我突然意识到，家里其实没有一盏阅读灯，买的落地灯都太热，烤着脸。我去宜家买了HEY设计的台灯放在床头，用书垫到适合的高度，要读书时就从下面抽一本，非常方便。只是LED灯泡是内置的，问店员能不能换，店员说："不行，只能用完连灯一起丢掉。"

连灯一起丢掉，显得非常冷酷。这导致我用这盏灯时，总是小心翼翼，只用它来阅读和写作，不舍得用它照着床头玩手机。

其实一个人写作的时限也是这样的，村上春树在《我的职业是小说家》里写：身体是成为一个职业小说家能持续写作的最重要的原因。

但在身体允许的条件下，一个人又愿意拿出多少时间花在写作上面呢？一盏灯都能让我感到的急迫感，我在日常生活中却察觉不到。现在不能舍弃的东西还太多，不敢辞职，不敢破釜沉舟地任性，不敢想真的把写作当成职业后，还需要怎样的付出。

我采访作家李银河时，她说写作这件事，只要有一点点刻意，一点点焦虑，一点点勉强，就不再值得做。她还说，一个兴趣是写作的人，绝不愿把生命耗费在吃喝玩乐上面。

我不是这样的，我的写作标准没有这么高，我也太容易被周遭的事物吸引注意力。

写不出稿的时候，我和作者朋友谈论写稿的准备，那位朋友说她写作时燃香薰蜡烛。我查了一下，她推荐的牌子最便宜的也要一两百块一盒，顿时就心疼起来。

写作一旦牵扯上物质，我难免就要去比较写一篇下来划不划算。买了比较便宜的香薰之后，我实在不习惯，于是问我手上出稿最勤快的全职作者写稿时做什么准备。她回答我，不用准备，随时坐下，随时写。

这也许才是写作者的常态。

写作这件事，最容易，也最艰难。

6

在陷入写作的黑洞后，有什么能将自己拉出来呢?

我问过很多作家这个问题，也得到了很多答案。但每个经历过的写作者应该都知道，这件事的解决，最终要靠一点点运气，要等待一个机缘，无法只靠他人来救援。

大多数时候，我选择随遇而安。

八月，在我迎来我写作的黑洞的时候，这个城市也迎来了一场声势浩大的台风。

台风之后，很多高大的树木横在路边，它们被砍掉清理移走之后，道路显得非常空荡，常常让我有走在一条陌生道路上的感觉。每天下班回家，道路尽头的夕阳和云彩，壮美而迷人，云层后面隐着金光，太阳的光线和云朵交织出不一样的摄人心魄的景象。拍不出来，留不下来，只能眼睁睁看着，努力记住。

很难形容那种遗憾感，你拼命想用画面和语言刻在记忆中的景象，却只能在脑海中转瞬即逝。和每一个写作时抓不住的灵感一样，和每一个因为其他事打断而没有写作的日子一样，你知道你错失了什么，但你无能为力。

唯一让人安心的是，村上春树说：你所经历的一切，不用刻意记录下来，到写作的时候它会作为细节自然地出现在脑海里，因为它一直在那里，等你想起。

这大概是最有用的安慰了。我也许可以期待，那些所有未被我写下的，却让我念念不忘的事，能有朝一日解救我于黑洞中。

如今日，如此刻。

一个编辑眼中的《天才的编辑》

1

作为一个编辑，我并没有在上映的第一时间看《天才捕手》这部电影，上映第一周时它的豆瓣评分是7.5，有一条评论说它沉闷。而在那个周末，我更希望看一些让人开心欢乐的片子。大概大多数人和我想得一样，以至于这部电影冷清到连放映前的广告都没有。

我最终决定进电影院，是编辑朋友们的评价，看过的编辑们无一例外地觉得有被戳中的地方。有一条评论让我印象深刻：只有做编辑的人才知道，把改稿和与作者交流这样的内容拍成这样，已经能称得上是惊心动魄了。

从电影开篇我就知道，我不会感到无聊。二十世纪二十年代，珀金斯用红笔一字一句地删改文稿的样子，让我很快代入到剧情中去。时间往后流走九十年，编辑的工作形态还是一模一样。这种不变，也许就是为什么我坚信书籍和阅读不会被淘汰的原因。尽管在原著中，珀金斯被认为“好像不适合这个职业”：他拼写很差，标点乱用，至于阅读，连他自己都承认“慢得像头牛”。

当然，这也是最容易让人误解的部分：编辑不就是修改错别字吗？

要用一整部电影来理解的这一点，在原著中，作者非常清晰地给出了解释：

“麦克斯·珀金斯是无法超越的。他具有非常独到、极其敏锐的判断力，又以激发作者写出其最佳作品的能力而闻名。对他的作者们而言，他更像是一个朋友，而不是什么苛刻的工头。他全方位地帮助他们。如果需要，他会帮助他们确定作品的结构；给书起标题，构思情节；他可以是心理分析师、失恋者的顾问、婚姻法律师、职业规划师，或者放款人。在他之前，几乎没有一个编辑对书稿做了那么多工作，然而他总是坚守自己的信条：‘书属于作者’。”

如果要说九十年后的编辑们的工作有什么变化的话，应该说在珀金斯之前，没有编辑觉得应该做这么多工作，而在九十年后，一个优秀的编辑应该做到这些已经成为了一个共识。但同时，编辑是一个门槛很低，而上限很高的工作。一个优秀的编辑应当做到什么和一个编辑会做到哪一步，完全是两码事。同职位的人在收入上的回报，在我观察到的有限例子来看，并不会有显著差异。

2

在我看来最难的，其实并不是要做到这么多，而是做了这么多事，本质上是在为他人做嫁衣。

要心甘情愿给他人做嫁衣并没有那么容易。有多少人在面试时被问到做编辑的理由是：因为我喜欢写作，所以我想做编辑。然而在真正做了编辑之后，才知道这种逻辑其实是一个伪命题。喜欢写作的人应该去当作家，而做编辑的人要为别人的作品付出心血精力，最终这个作品并不属于你——这种落差感在所谓“喜欢写作”的人身上会尤其明显。

这就是珀金斯始终坚守的“书属于作者”的可贵之处，你要抑制自己的创作欲，要抑制自己对作品的占有欲，要舍弃自己想要借此留名的欲望，要对这种你付出了心血的作品其实不属于你的情况，有一颗平常心。

但凡有作家梦的人，要做到这点是不容易的。这也是为什么我在看到电影原著名“天才的编辑（Editor of Genius）”时，在到底应该翻译成“天才们的编辑”还是“一个做编辑的天才”上，首先认同了前者。真正的天才，是不适合做编辑的，天才们要创作，要燃烧，要投入，甚至应该要有一些自私。他们可能会是像电影中托马斯·沃尔夫那样肯把几年时间花在改稿上，连一个晚上都不舍得给情人的废寝忘食的人；也可能是像海明威那样，肯把时间花在体验生活，哪怕是去参加战争也在所不惜的人——但绝对不会是肯把时间花在别人身上，最后为他人做嫁衣的人。

3

编辑是什么？编辑是要为作者做一切利于他写作的服务，且在文学和写作素养上并不能低于作者的人。有才且甘于为别人服务——这不能不说是有些为难人。

服务要做到什么地步呢？我毕业后去的第一家杂志社的总编常说："民国时期的编辑，作者家里没米时，还会跑出去给作者买米呢。"读者第一，作者第二，而你自己始终要放在最后一位。

我到了那家杂志社的第一件事就是背作者名单，三四百个作者，厚厚一沓，主任先讲一遍每个人擅长的领域、写稿习惯、行文风格、脾气秉性、身体状况、人品道德、家境情况，甚至对稿费的在意程度，之后才开始研究他过往的所有作品，近期的兴趣点。投其所好，挠其痒处，种种方面综合比较，才是约稿准备的第一步。

后来我才知道，我何其有幸，在编辑生涯之初得到这样毫不藏私的倾囊相授，而现在大多数编辑要得到这些，都只能靠自己一步一步地摸索，一个作者一个作者从零开始试探。而到这一步，都还只是"甘于服务"的态度层面，还没有涉及"和作者对话"的能力层面。

这种能力，说白了就是能不能让你的作者"服"你，服气你的修改意见，服气你在他心血之作上的改动，这种心服口服，是对挚友的，是对知音的，是对师长的，或是对忘年交的，但凡有一点轻视，最后都可能导致不欢而散。

当作者和编辑一旦合拍，带来的快乐是难以言喻的，那种指出问题的一针见血的解惑感，在看到作者修改来的稿子正是自己想要的，甚至超过自己想要的的时候，那种静默而激动的战栗感，只有双方共同经历了才能够体会。

所以沃尔夫第一次走进珀金斯的办公室时说："因为是你，所以我来了。"在他之前，海明威、菲茨杰拉德这些天才被珀金斯发掘了，而他，愿意给珀金斯发掘自己，或者拒绝自己一次的权利。

4

编辑付出了这么多，最后得到什么呢?

我想，应该只是单纯地为这世上的人呈现了一本好书或一篇好作品，就像珀金斯说的"没有什么比一本书更重要"——尽管大多数人不知道这和编辑有多少关系。

只有极少部分人能具体地知道编辑使作品发生了什么变化，其中一个是作者，还有看到三审单的二审和三审。这导致能鉴定编辑工作好坏的人极少，你需要遇到对的领导，还有对的作者。

电影中，沃尔夫最后指责珀金斯毁了他，这种情况并不罕见。有时编辑把作品变得更好了，最后的赞誉是归作者的，有的作者由衷感激你对他的建议与修改，有的作者觉得你只是把他的作品原样放出去了，也有的作者说你毁了他的文章。

我并不意外影片中最大的冲突集中在了删稿这件事上，除了沃尔夫本人的写作特点，这也是编辑工作基本守则的一个体现。现在想来，我工作的第一家杂志社颇循古风，当时主任和主编教导我的改稿原则是尽量只删不添。因为添加内容很难保持作者的原意和文风，而最后用得最多的处理手段就是删减。

如果不是我当时见过那样认真细致的二审和三审，我大概不会见识到光靠删减对一篇文章能带来多大的提升，那密密麻麻的红蓝黑三色笔改完之后的清样，是会还到编辑手里一个字一个字在电脑上改回去的，一个多余的字都不留，九成以上的病句都可以用删改换位来完成。清样改出来，就像是最自然的整容术，看上去还是原来的那个人，说不出哪里好看了，但就是从一个平凡的姑娘变成了让人眼前一亮的美人。

这就是为什么在整部片中，最让我感兴趣的恰恰就是他们讨论删减稿子的情节。我跟着他们一字一句比较，想象着如果是我，我会给出什么样的修改意见，我会留下什么，取舍之间我会怎样抉择。反反复复比较才知道，帕金斯的高明之处在哪里。

能鉴赏这种工作好坏的人，本来就需要一定的水平。更多的时候，只有编辑知道自己做了哪些工作。

但编辑做的工作不为人所知，也不应为人所知，这是这个工作性质决定的。到了珀金斯的这个高度且不抢作者功劳的编辑，则更难得。因为他深刻地知道这会导致的后果，沃尔夫最后的离开是为了证明他自己可以。

肯宣扬编辑对自己文章做了什么样贡献的作者其实并不多，指责编辑怎样毁了他作品的例子则有很多。女报杂志社对稿件的修改之多是业内出名的，作者实在改不到位的时候，编辑甚至会重写一遍。我不是很愿意做这样的工作，但有很擅长的同事，做得让人拍案叫绝。但我看过她的一个作者，在微博上把原文贴一遍，杂志文贴一遍，让大家去评判哪个版本好。

我不否认有千万分之一的概率，编辑进行的修改是沃尔夫说的“战争与和平”中的和平的那一半，但更多的情况是，每个人都觉得自己是这千万分之一。

5

相对应的，在一篇出名的佳作前，能忍得住不宣扬自己和这篇作品关系的人，更加寥寥。我的前同事徐欢欢，也是我现在的编辑，发来她看到的一段话：

“从做编辑伊始就想得很清楚了——别想被任何人记住，这根本不可能。最好能遇到这个时代真正好的作家，然后完完全全躲在他们的身后，让他们更好，把好的资源给他们。如果不能遇到如此好的人也没关系，我去写（但也别抱希望真能怎么样）。”

徐欢欢说她就是这样想的，一个好的编辑也应该这样想。或许一个称职的编辑，连做编辑出名，再用这个名头去写作都不应该。

尽管我认为我做编辑的六年时间中，我已经足够尽职尽责，但从内心深处，我觉得我不能从这样的职责中享受到由衷的快乐。值得我这样奉献的人并不多，每一时期可能有一两个，所以这样的快乐是断断续续的，牵扯着我的，并不是心甘情愿的。我只能感激，我有让我这样想的编辑。

所以，当珀金斯动容地说“像沃尔夫这样的天才，我这辈子可能再也遇不到了”时，我更动容的是，这样的编辑，我可能一生都遇不到一个。

看第一遍《天才捕手》时，电影结束后，坐我旁边的女生哭了，和我一起去的人指了一下，说：“这应该是你的同行。”我深以为然。第二遍是同事集体包场看的，我看着周围大家的反应，才觉得结尾的泪点其实并不是编辑独有的，这是一种两人在楼顶共看人间烟火的唏嘘。在这里流泪，应该是人们的共情。

编辑的泪点，在影片中更普通，更平凡，更容易错过。

沃尔夫要把书献给珀金斯时，珀金斯说：“编辑不应该留名。”他在自己数个的成功的案例面前，依然保有清醒和警惕：我不知道我所做的工作，是让作品变得更好了，还是仅仅是不同了。

说着这话的科林叔，在片中第一次展示了自己的一点无助，一点脆弱，而这恰恰是对编辑工作的，最本质的敬意。

这世上的传奇和遗憾

1

上个月采访的一个纪录片导演给我推荐了奥斯卡获奖纪录片《寻找小糖人》。“你一定要去看一看。”他说，他喜欢这样让人觉得美好的故事。

可我初看时，觉得这明明是一个悲剧。

2

二十世纪七十年代，歌手罗德里格兹在美国只发行了两张专辑就被唱片公司解约了，他在美国发行的销量没超过个位数的专辑被带到南非，受到了疯狂传播与追捧。在那里，他比猫王和滚石乐队还要火，而在美国，他以给人修旧屋和建新屋为生。底特律夜晚的街角，同去酒吧的人以为他是无家可归的人。

进度条走到一半时，我一度关上了这个故事，它残酷地向我证明了，有才华的人在一时一地完全无人问津的可能性。

他怎么就不红呢？当罗德里格兹的歌声配合着他在纪录片里漫步街头的身影，那磁性而洒脱的嗓音，把他写的优美的旋律和扣动人心的歌词一句一句唱进你的耳朵里时，你会和四十多年前罗德里格兹的制片人有一样的问题。这个让地球另一半国家为之疯狂，引领了南非年轻人自由独立精神的声音，怎么能在当年当地，没有一点反响？

3

有才华的人为什么不红？这其实也是长久在我内心盘旋的问题。在数年的编辑生涯中，我见过太多踏实写作，文笔让我欣赏的作者，反而不如那些浮躁贪名、胸无点墨，甚至抄袭为生的作者“红”。在这个逐渐以粉丝数、转发量、点击率作为判定标准的时代，“红”是一个简单准确而神秘的词，它能轻易地激起你的向往、不甘和不平。更多的质问也许指向的是，那些你欣赏的人，为什么没有得到和他的才华相匹配的社会待遇？

我很难回答这些问题。时间长了，慢慢从激愤到习惯，有时甚至会屈从于一些心灵鸡汤，只能相信“存在即为合理”。

直到我看到这部纪录片，又勾起了我的困扰。这不是梵高式的死后成名，也不是身边众多让人惋惜而无奈的案例中的一个。

直到1998年，人们才找到他。这些年，他和孩子们搬了二十六次家。

“有些连卧室都没有，不能称之为家，只能称为‘停留过的地方’。”

罗德里格兹被以最高规格请去南非开了演唱会，和他一同前去的女儿在下飞机时无法相信，地毯鲜花和豪车都是为他们准备的。面对台下激动到流泪的粉丝，罗德里格兹羞涩而淡定地迎接着晚了二十多年的欢呼。

4

故事到这里，似乎算得上是完美。但是，结束了演唱会的罗德里格兹依然选择回到美国，过着以做体力活为生的日子。他把演唱会的照片给自己的工友看，他们都不相信台上的那个人是他。

纪录片末尾问：“他现在变得很有钱了吧？”“没有，”他的女儿回答，“也许他让别人变得有钱了。”

结果论的我，看到这里时，感到有些悲哀。可我却不再认为这是个悲剧，一个细节让我理解了这个故事的美好之处。罗德里格兹的工友这样形容他：他是一个很能吃苦的人，别人不愿意做的脏活累活他都做，但即使在做着这些事时，他也是穿着燕尾服，有条有理，不卑不亢，像是在做一个高贵的工作。罗德里格兹的女儿说，父亲从未让他们在精神上感到贫穷，他带他们去看画展，听音乐会，让他们没有感到和上层人在精神上的差距。

这个徘徊在底特律酒馆暗夜的身影，让我看到一种对待生活的坦然和淡定。在这样被戏弄般的命运中，他都坚守着自己生命的意义。不论红或不红，追捧或无视，他的行为，始终遵从本心。不管这世界认定的规则是什么样，不管命运给他的待遇是什么样。这或许是比“红”更值得骄傲的事。

他最好的作品，已经在那时写出来了。传奇或遗憾，都是他人的。

不完全投稿指南

之前写《以写作为生》时，有读者留言说想让我写一写投稿要注意的事项。一提笔，我泄了一口气。因为做编辑以来，我很少给其他杂志投稿——作为编辑倒是有很多话说。后来，我工作的杂志需稿量骤减，需要自己写稿的部分变多了，我这才能从写作者的角度来体会投稿这件事。

1

不久前，有一个已经出了一本书的作者联系我，说他很苦恼，在出了第一本书之后就再也没有发表和出版的机会了。按他自己的说法，自己出第一本书是运气好，签了一个不错的图书公司，最后卖完了，算是对得起编辑和公司。照理说，他应该是一个成熟的作者了。

我问了他现在写作的题材，都投了哪些杂志，都是怎么投的。说到一半，他告诉我，他投稿的杂志他都没有看过。我说："那不行啊，先拿样刊看一下，至少要看一下样稿。"他很惊讶地说："这么麻烦吗？我都是找到投稿邮箱，把我写好的小说直接打包发过去。"

听到这一句，我顿时明白他的症结在哪里。任何一个编辑听到这里，大概都会觉得之前和他的聊天都是在浪费时间，没有必要再聊下去了。

了解投稿的杂志是投稿前最基本的功课，能做到这一点的人却很少。如果你连想要投稿的杂志都不愿意去读一下它是什么样的，又怎么能抱怨自己没有发表的机会呢？

事实上，无论是看样刊还是读约稿函，体现的不仅仅是写作者的态度，也是写作者的能力。

看样刊这件事也不那么简单。我刚到《女报时尚》时，问编辑部主任有没有官方的栏目约稿要求，当时的编辑部主任回复我："这本杂志从来就没有官方写约稿要求，都是编辑自己写的。好的作者通过看样文来知道约稿要求，而不是看约稿信来知道约稿要求。"

在我接触过的杂志中，这确实算得上是一个相当古怪的惯例。因为要求每个编辑都得自己写约稿函，所以每个编辑的约稿要求都写得不一样。直接抄别人约稿信的编辑会被瞧不起，但也没有人会告诉他们这样不合规矩。后来我听说有些杂志社老编辑之间的旧怨，就是从盗用对方的约稿信开始的。

不管这个惯例多古怪，写约稿函确实可以算作给新编辑的第一个考验：既不能和别人的一样，又要把栏目要求讲清楚。

反过来，读约稿函也是编辑给作者设的第一道门槛。在约稿函里已经讲过的问题，如果作者还要重复问的，那便已经输了一着。

在此之前，作为写作者的我已经给《女报时尚》投了数年的稿都没有中，但在我应聘编辑时附上的稿子，却成功地让杂志社的招聘者注意到了我。

2

当时编辑部主任对我感叹过，要是她早几年发现我，她早就把我带成谁谁谁了——都是这本杂志里我很喜欢的作者。

听到这句时，我心里也有些遗憾和惋惜。没错，作者是需要编辑"带"的，因此被编辑发现的第一步尤为重要。不见得是我前几年写的东西没有那一年好，更多的可能是编辑在那时才看了公共邮箱。

这并不是说以前的编辑不负责。做了编辑之后，我才知道编辑一般是在还没有稳定作者资源的前几个月才会去公共邮箱找作者。在有了稳定的作者之后，就很少会去打开了。一是容易在编辑之间造成重复劳动，甚至可能造成抢作者的情况；二是培养新人要比上过稿的作者难，常常需要花费大量无效的沟通时间。所以到公共邮箱里找稿子的，一般是刚上岗的新编辑，或是有活动需要征集。这就导致我之前的投稿，有可能在种种阴差阳错之间被错过。在我做了编辑之后，回看我曾经投过的稿子，一眼就能看出不能用的原因。但也如编辑部主任说的，我的稿子，若是有编辑能点拨几句，改上几回便可以发稿。

有人看到这里可能会误解，觉得找到编辑联系方式就是最重要的事了，其实不然。和编辑建立联系固然重要，但找到自己的稿子里的问题，要比缠着编辑问上几十个问题要有用的多。

怎样向编辑提问是很有技巧的。编辑需要的既不是怀才不遇的质问，也不是自怨自艾的纠缠。对于写作者来说，他人对文章的批评听上去多少有些刺耳。好的作者要做的是在这些刺耳声中分辨出有实质意义的建议，判断是否有改进的可能性。

看样稿的重要性也在这里。作为作者，要先于编辑发现自己的问题，才能在和编辑对接上之后有效地沟通，再厉害的新作者和一本杂志都需要长期的磨合。

所以，让编辑注意到，并不等于稿子就能用。中间还有改稿这一个环节。改稿并不比写稿容易，有些花力气改了，也不一定能上稿。

每个编辑的时间都是有限的，他们倾向于选择容易沟通，态度端正，能改出成果的作者。

3

即使成为了一本杂志稳定的作者，编辑在心里也会对作者进行分类。

作者的稿子质量，交稿的及时程度，对毙稿和改稿的态度，都会让编辑在约稿前先掂量一番，按最适合的人选排序之后，开始一期杂志的约稿。

对于稿件需求量大的杂志，其实只要文章足够好，拖稿不要拖到快开天窗，编辑基本都能容忍。熟悉每一个作者的脾气和秉性，对作者加以管理，按每个人的不同情况进行约稿，本来也属于编辑的工作内容之一。但如果在稿件需求量有限，文章质量差不多的情况下，编辑自然会去找更让自己省心的作者。

我从前常常有催稿催到心力交瘁的情况，也听过作者们各种各样不交稿的理由：工作上临时有事，电脑突然出故障，自己突然生病，猫走丢了心情不好，股票最近太好没心情写稿……有些情真意切，有些让人哭笑不得。以前有一个作者拖稿拖到杂志快下印了，说自己发着高烧去图书馆写了通宵，我听到后还真心实意地觉得过意不去。

我算是对作者拖稿比较宽容的编辑了，通常在约稿时就会预留几天的拖稿时间。但对于拖得太厉害的作者，我在下次约稿时，身体仿佛会记得上一次催稿时的疲惫感，打开聊天窗口时手指便会迟疑起来。有些作者，在这种迟疑中就会断了联系。待我到了现在工作的杂志，一期也就约一两篇外稿。虽然没有刻意对作者进行筛选，但能赚这稿费的作者，都是稿子干净漂亮，从不拖稿，写作态度异常认真的人，这使我在上一家杂志社练就的催稿功力，几乎没有了用武之地。

作为编辑，手下的作者都不用催稿，大概是最让同行羡慕的事了。但在这样的情况下，我反而有了些以前没有的写作者的自觉。

因为自己太熟悉编辑催稿的手段，在自己作为写作者时，每次都会去试探编辑真正的最后交稿时间。把以前作者对我的斗志斗勇，又反过来用在我的编辑身上，总觉得这是一件习以为常的事情。

很多催稿和反催稿的故事，写出来都很有意思，就连我不是做文字工作的朋友看到这类编辑故事都觉得好笑。在流传的催稿故事中，有旧日的文豪，也有现在的作者，有些作者甚至把催稿和糊弄编辑当成是值得炫耀的事写出来。

在不影响工作的情况下，我以前看到时大多也会付之一笑。但这两年把自己放到写作者的角度上，才惊觉这种小聪明对自己毫无益处。

意识到这一点首先是因为我有一个极其严厉的编辑，我习惯拖稿两三天的习惯被她狠狠地治过一次。再之后，我发现她手上的作者一个比一个交稿交得早。作者之间的关系都很好，那些提前交稿的作者，写的稿都比我多，工作比我还要忙，加班的晚上比我还要多，但就在这样的情况下，他们都是见缝插针地在写稿，到年终总结时，总能列出满满的一年的作品。

在看到其他作者的年终总结时，一个非常清楚的念头出现在我脑海里：你拖稿时浪费的所有时间都是自己写作的时间。不管有多少理由可以宽容可以原谅，最终结果并没有改变。

4

不久前，我遇到以前相熟的作者，听到我现在对拖稿的害怕时，她感到惊讶，说她现在可能不能接受这样的交稿压力了。

我们都是经历过纸媒黄金期的人，习惯了作者和编辑之间的你来我往，有过稿子仿佛永远写不完、这期没写完还有下一期的时光。但是，现在这样的时光一去不复返了。每一本你还在写稿的杂志，都有可能突然消失。

所以，永远要当最好的那类作者，不然总有被选择的时候——我现在一直都是这样告诫自己。

某种程度上，纸媒锐减的现状，导致对作者的要求更加高了，在有更多发表渠道的今天，这篇充满了对作者自律和苛刻要求的投稿指南也不是那么有用。像我这样守旧的人，不知道还剩多少，但我始终相信的是，写出来的文字才是真正属于自己的东西，是在一年将尽，年岁渐长时，让你能感到心底踏实的证明。

写作说到底，不是为了旁人，而是为了自己。

写这篇文章时，我也在审视自己。那些没有开始的尝试，那些总是说自己没有时间而没下笔的稿件，那些疲惫之下的初心，希望能在这不完全的指南中看得完全。

后记

一个写作者的自白

1

十二月的到来对我来说是很残酷的，因为我人生中第一份出版合同上的交稿日期写着2018年的最后一个月，而我还没有准备好交出最后的答卷。

去年三月，我进入出版社工作，在出杂志的同时开始接触编辑图书。不知是因为运气不好还是其他，到目前为止我做的书都还没下印，但算是入了做书这一行。做书并不像我想象中那样神圣和困难，却也不简单。

我在办公室时，时常遇到拿着书稿找上门的人，多是有些年纪的中老年人，偶尔也有背着书包上门的年轻人，问我们出书找哪个办公室。面对这样的人，我们会有统一回答：“到七楼找总编室。”但我们知道，他们的书稿被出版的概率几乎是零。

这其实是我十年前就知道的事。说起来，这算是我第二次进入出版社工作。2008年时，我大学暑期实习选在我家乡所在的人民出版社。同学的父亲在那里工作，对我多有照顾。作为实习生，我被分在了一间没人用的办公室，同学打趣我：“工作多年的老编辑都不一定一人有一间办公室呢。”实习第一天，我打扫了办公室，去了印厂。后来听我同学说，他父亲很久没带过实习生了，既想让我知道些吃苦耐劳的道理，又想切实教我一些东西，所以才会有第一天放在桌上的搪瓷水盆和抹布。

那是一次很有用的实习，我在很短的时间内见识到了做书的所有流程，得到了一位资深编的经验。而我学到的最重要的一点大概是：一本书通常是由编辑策划组稿“做”出来的，作者带着书稿到出版社找编辑投稿的成功率是很小的，大概只能在电视剧或电影里见到。

因为校对了几本书稿，我拿到了几百块的校对费，那也是我第一次在实习时拿到报酬，颇有些无功受禄的感觉。我后来用这笔钱买了一支派克钢笔送给了带我实习的编辑老师，算是谢师礼。几年后，我毕业找工作时，还特地给他打了电话寻求建议。

2

我毕业时向这位编辑老师咨询的事，是在南方报业出版社的面试和时政杂志社之间选择的困惑。当时这位老师建议我选出版社，因为即使南方系的出版社不如杂志和报纸有名，先进到同一个系统，也比外人容易有调动的机会。后来，我还是留在了那家时政杂志社，既有阴差阳错，也有半推半就。那位编辑老师大概不知道，正是由于他在我实习时对我的倾囊相授，才让我早在那时内心就有了抵触去出版社工作的想法。

在我十年前的实习日记里，留下了改稿、联系作者、探知市场走向、把握消费受众的记录。编辑老师教我，作为一个图书编辑，逛书店拿到一本书时，要先翻扉页、勒口、出版信息、内容提要，以编辑而不是读者的眼光去学习一本书的包装和营销，这个习惯我一直延续到现在。但无论是“市场”还是“营销”，对于那时正找工作的我来说，都是充满抵触情绪的字眼，我无法将这些与我想要的文字工作联系在一起。而这，对于图书编辑来说大概无法避免。

写作和编辑是两件事，但在可能的情况下，我依然希望自己能向前者无限靠近。

几年后，时政杂志主编在招聘时的话足够让我动心：“我们绝不会要求编辑去负责拉广告和销量，你要做的，就是全心全意交出好稿子。”这样的比较下，我的选择似乎又有命定的成分。

我在杂志社的几年写了很多稿子，虽然总在怀疑那些并不是我真正想写的，但这几年的经历让我成为了一个执业者。即使辞职，我依然可以靠我写的东西勉强糊口。

我在那几年真的没有为广告和销量操过心，到第二家杂志社时，有让编辑参与征订，订不到相关数额就罚款的规定。编辑们大多认命受罚，整个部门的一次次被罚，像是一次次不动声色的反抗。

3

但命运似乎总是无法避免，我少时一直看的杂志，我之后供职的杂志，我写稿的杂志，我一一经历了它们的停刊。一开始是悲凉，到后来有些认命，最后竟生出些时不我待的紧迫来：杂志，真的是写一期少一期。

今年六月时，机缘巧合下，我给《文艺风象》投稿，那也是我少时憧憬过的杂志，做编辑以来，我很久没有这样如新人一般的投稿经历了。我对接的是一位据说创刊就在的资深编辑，写稿、过稿都很顺利。我连着写了两个月，以为之后还有很多机会，但交了两篇稿后，编辑却一直没有再联系过我了。十一月底时，编辑联系我寄稿费和样刊，然后说，刊登第二篇稿子的那期还没出刊，但放心，一定会出的。而就在十二月初，我看到了《文艺风象》停刊的消息。我写的那两期，就是最后的两期了。

在一本杂志的最后一期留下稿子，这已经是第二次了。只不过上一次是带着已知的悲凉，这一次是完全不知情的。没有经历过的人，大概不能体会青春结束和职业末路加在一起的伤痛。

我不由得重新检视一年前站在沉船上的自己，颇有劫后余生的感觉。最后，是我原本抵触的出版社收留了我。我十年前不想碰的知识，终于还是要再学一遍。

如今想来，在出版社的这一年，竟是我心态上最安稳的一年。不用时时担心会突然失业，写稿比以前更自由，并且正是因为这自由，有了空闲时间写自己的东西。我在年少时就认定的方向并没有错，只有写下的文字是自己的，而工作，只是为了生存。

但入行和隔行，始终是不一样的。之前在杂志社的工作让我无限接近写作，那此刻，在出版社的工作让我无限接近出书这件事。这一年多，我做了我不愿做的书，我也做了我很喜欢的作者的书。即使我身在图书出版的行业里，当我收到人生中第一份出版合同时，那种激动比小时候幻想这个场景时并不少半分。

如果我是编辑，我会愿意给我这样不带流量的新作者出书吗？我无数次地想过这个问题，我不敢回答。所以就更加感激看中我，和我签约的编辑。我不知道因为我同在出版业，对我的编辑来说，工作是更简单还是更复杂了。我比一般的作者更加理解编辑的视角，但也因太了解流程而对截稿日有些放纵。

明年是怎样的一年呢？我和我的编辑聊着书号的缩减，出版业的艰难，杂志的停刊，但又从这艰难中得出日子并不会过不下去的结论。但作为作者，是应该紧张起来的。因为出一本书将更贵、更难，去年能考虑出书的人，在下一年不一定有机会。

这大概就是如今写作者的命运，悠闲、无期限地创作从来都只存在于想象中。对写作的人而言，偷懒之下浪费的，只是自己的机会。从这个角度来说，等着编辑催稿，都是一件太奢侈的事。

于是，从十二月初开始，我几乎夜夜不成眠。

4

我的编辑几个月前通知我："你明年就会拥有一个属于自己的书号了。感动吗？这是世界上唯一的号码。"即使是将报批书号作为日常工作的我，在这样文艺的说法前也不由得感到浪漫。那种感觉，像是知道天空中有一颗写了我名字的小行星。

我的第一本书，编辑给了我很大的自由度，但这自由同时也让我苦恼。每当想到这些文字是要放进我可以做主的一本书中的，我便会陷入无尽的纠结和卡文中。我时不时会觉得这些文章不够严肃，不够有深意，不够好。

阿加莎说过，一个作家总会按他本能的欲望写作，而不是写他应该写的东西。

我想要书写的又是什么呢?

今年三月，我采访过李娟，因为她的不善言辞，那并不是一个很成功的采访，但她表现出对自己写作内容的坚定和清晰，让我非常难忘。就像她在新书里写的：我深陷文字之中，一字一句苦心经营。所有念念不忘，耿耿于怀的事情，我都想写出来，都想弄明白它们为什么非要占据我的记忆不可。

我在写这本书时，大概也是在凭本能的欲望，在书写我的念念不忘和耿耿于怀。

简洁

2018年底 于深圳